明朝人的精致生活

张岱散文精选集

〔明〕张岱 著

子宛 注译

北方联合出版传媒（集团）股份有限公司
万卷出版有限责任公司

目 录

○

卷一 山水之乐

［明］沈周·东庄图册（其一）

湖心亭看雪

崇祯五年十二月，余住西湖。大雪三日，湖中人鸟声俱绝。是日更定[1]矣，余拏[2]一小舟，拥毳衣[3]炉火，独往湖心亭看雪。雾凇沆砀[4]，天与云、与山、与水，上下一白[5]。湖上影子，惟长堤一痕，湖心亭一点，与余舟一芥[6]，舟中人两三粒而已。

到亭上，有两人铺毡对坐，一童子烧酒，炉正沸。见余大喜，曰："湖中焉得更有此人!"拉余同饮。余强饮三大白[7]而别。问其姓氏，是金陵人，客此。及下船，舟子喃喃曰："莫说相公痴，更有痴似相公者。"

1　更定：指初更时分，晚上八点左右。

2　拏（ná）：同"拿"，这里指划动船。

3　毳（cuì）衣：即毛皮衣服。毳：鸟兽的细毛。

4　雾凇沆砀（hàng dàng）：指冰花一片弥漫。雾凇：水汽凝成的冰花。沆砀：白气弥漫的样子。

5　上下一白：指上上下下全都白了。

6　芥（jiè）：小草，多用来比喻轻微纤细的事物。

7　三大白：指三杯酒。大白：杯名，代指酒。

【翻译】

崇祯五年十二月，我住在西湖边。大雪连着下了三日，湖中人鸟的声音都消散了。这晚初更时分，我划着一叶小舟，披着细毛皮衣，提着火炉，独自前往湖心亭看雪。湖上雾凇弥漫，天与云、与山、与水，上上下下，一片银白。湖上影子，只见一道长堤的痕迹，一点湖心亭的轮廓，与我的一叶小舟，舟中两三粒人影而已。

到了亭上，有两个人铺着毯子，相对而坐，一个童子在温酒，炉火正旺。他们见到我时，大为惊喜："想不到湖中还有你这样的人！"于是拉着我一同饮酒，我尽力喝了三杯后告别。问及姓氏，他们自称是金陵人，客居在此地。等到下船时，船夫喃喃地说："不要说相公你痴，还有像相公你一样痴的人。"

[明] 文徵明 · 雪景山水图

白洋潮

故事[1]，三江看潮，实无潮看。午后喧传曰："今年暗涨潮。"岁岁如之。

戊寅[2]八月，吊朱恒岳少师，至白洋，陈章侯、祁世培同席。海塘上呼看潮，余遄[3]往，章侯、世培踵至。立塘上，见潮头一线，从海宁而来，直奔塘上。稍近，则隐隐露白，如驱千百群小鹅，擘[4]翼惊飞。渐近喷沫，冰花蹴起，如百万雪狮蔽江而下，怒雷鞭之，万首镞镞[5]，无敢后先。再近，则飓风逼之，势欲拍岸而上。看者辟易[6]，走避塘下。潮到塘，尽力一礴，水击射，溅起数丈，着面皆湿。旋卷而右，龟

1 　故事：先例，惯例。
2 　戊寅：明崇祯十一年（1638年）。
3 　遄（chuán）：快，迅速。
4 　擘（bò）：张开，分开。
5 　镞镞（zú）：箭头。这里指水花如雄狮聚集的样子。
6 　辟易：退避。

山[1]一挡，轰怒非常，炮碎龙湫[2]，半空雪舞。

看之惊眩，坐半日，颜始定。先辈言：浙江潮头自龛、赭[3]两山漱激[4]而起。白洋在两山外，潮头更大，何耶？

【翻译】

按照惯例，我在三江口看潮，实际没潮可看。午后人声喧闹，争相传着："今年要涨暗潮啊！"年年都是这样。

崇祯十一年八月，我去吊唁朱恒岳少师，到了白洋湖，和陈章侯、祁世培同桌。海塘上有人呼叫着看潮，我迅速赶去，章侯和世培也随即到了。

我站在塘上，只看见潮头像一条白线，从海宁呼啸而来，直奔塘上，稍近一点时，隐隐露出白色，像驱赶着千百只振翅惊飞的小鹅。潮水慢慢靠近，喷出

1　龟山：又名乌凤山。《绍兴府志》有记载："乌凤山，在府城西北五十里，滨于海，有洞出乌凤，一名龟山。"

2　龙湫（qiū）：雁荡山著名的大瀑布。

3　龛（kān）、赭（zhě）：都是山名。

4　漱激：冲刷激荡。

泡沫，波浪聚集翻滚，冰花般飞溅起来，如同百万雪狮遮蔽了大江奔流而下，它们背后有如怒雷在鞭打，所有雪狮聚在一起飞速奔跑，没有一头敢落后。

潮水再靠近一点时，就像是飓风在逼近，看势头简直就要拍岸而上了，看潮的人纷纷后退，到塘下躲避。潮水到达塘前时，展现出尽力一搏的磅礴气势，水花冲击射开，溅起数丈高，把人的脸都打湿了，随即又翻卷着向右，被龟山一挡，好似非常愤怒一般发出轰响，又如用炮击碎龙湫瀑布，水花在半空中似雪起舞。

看到这样的景象，真是心惊目眩，坐了半天，我的脸色才逐渐恢复了平静。先辈说：浙江的潮头，是江水冲刷鳖、赭两座山激荡而起，白洋湖在两山之外，潮头却更大，这是为什么呢？

［明］宋旭·湖州十八景图·碧浪湖

炉峰月

炉峰[1]绝顶，复岫回峦，斗耸相乱，千丈岩陬牙横梧[2]，两石不相接者丈许，俯身下视，足震慑不得前。王文成[3]少年曾趵[4]而过，人服其胆。余叔尔蕴以毡裹体，缒[5]而下，余挟二樵子，从壑底攨[6]而上，可谓痴绝。

丁卯[7]四月，余读书天瓦庵，午后同二三友人登绝顶，看落照。一友曰："少需之，俟月出去。胜期难再得，纵遇虎，亦命也。且虎亦有道，夜则下山觅豚犬食耳，渠[8]上山亦看月耶？"语亦有理。四人踞坐

1　炉峰：会稽山香炉峰，因形似香炉得名。

2　陬（zōu）牙横梧：形容山势犬牙交错。陬：山脚。梧：抵牾。

3　王文成：即明代心学创始人王守仁，他谥号文成。

4　趵（bào）：跳跃。

5　缒（zhuì）：用绳子拴住人或东西从上往下送。

6　攨（wǎ）：爬。

7　丁卯：明朝天启七年，公元1627年。

8　渠：它，指老虎。

金简石¹上。

是日，月正望，日没月出，山中草木都发光怪，悄然生恐。月白路明，相与策杖而下。行未数武，半山噭²呼，乃余苍头³同山僧七八人，持火燎、鞠刀、木棍，疑余辈遇虎失路，缘山叫喊耳。余接声应，奔而上，扶掖下之。

次日，山背有人言："昨晚更定，有火燎数十把，大盗百余人，过张公岭，不知出何地？"吾辈匿笑不之语。谢灵运开山临澥⁴，从者数百人，太守王琇惊骇⁵，谓是山贼，及知为灵运，乃安。吾辈是夜不以山贼缚献太守，亦幸矣。

【翻译】

香炉峰的最高峰，山势重叠，蜿蜒起伏，山壁陡立峭乱，千丈高的山峦交错起伏，有两块石头中间

1　金简石：刻有仙简或诏书的石头。

2　噭（jiào）：古同"叫"。

3　苍头：指老仆人。

4　澥（xiè）：靠近陆地的海湾。

5　惊骇（hài）：即"惊骇"。

隔了一丈多远，（我站在上面）俯身向下看时，两腿发软不敢上前。王守仁年少时曾一跃而过，人们都佩服他的胆量。我的叔父张尔蕴用毛毡裹着身体，用绳子拴住自己往下送，我带着两个樵夫，从谷底向上攀爬，都可以说痴到极致了。

天启七年四月，我在天瓦庵读书，午后和两三个朋友去峰顶看落日。一个朋友说："稍停片刻，等到月亮出来时再离开，佳期难再得，纵使遇上老虎，也是命数，况且老虎也有自己的规律，夜晚便下山寻猪狗觅食，怎会上山来看月亮？"这话说得也有道理，我们四人便蹲坐在金简石上。

这天刚好是农历十五，太阳落下，月亮升起，山中的草木都发出怪异的光，寂静得让人害怕。月白路明之时，我们便一起拄着拐杖下山。还没走几步，就听见半山腰传来呼喊声，原来是我的老仆和七八个山僧，举着火把、拿着鞠刀和木棍，怀疑我们这些人遇到老虎迷了路，于是沿着山路叫喊。我出声回应了他们，他们跑上来，扶着我们下了山。

第二天，山那边就有人说："昨晚更定的时候，有一百多个大盗，举着几十个火把，经过张公岭，不知道是从哪里来的？"我们暗笑着不说话。（从前）谢灵运在海边开山，跟随者有几百人，太守王琇非常惊慌害怕，以为是山贼，等知道是谢灵运的时候，才安下心来。我们昨晚没有被当作山贼绑起来献给太守，也算幸运了。

〔明〕仇英 · 桃源仙境图

湘湖（节选）

西湖，田也而湖之[1]，成湖焉；湘湖，亦田也而湖之，不成湖焉。湖西湖者，坡公[2]也，有意于湖而湖之者也；湖湘湖者，任长者[3]也，不愿湖而湖之者也。任长者有湘湖田数百顷，称巨富。有术者相其一夜而贫，不信。县官请湖湘湖，灌萧山田，诏湖之，而长者之田一夜失，遂赤贫如术者言。

今虽湖，尚田也，不下插板，不筑堰，则水立涸；是以湖中水道，非熟于湖者不能行咫尺。游湖者坚欲去，必寻湖中小船与湖中识水道之人，溯十阨[4]三，鲠咽不之畅焉。湖里外锁以桥，里湖愈佳。盖西湖止一湖心亭为眼中黑子，湘湖皆小阜、小墩[5]、小山乱插水面，四围山趾，棱棱砺砺，濡足入水，尤为奇峭。

1　田也而湖之：由田变成湖。

2　坡公：对苏轼的敬称。

3　任长者：任氏在明初为杭州豪族。长者：显贵的人。

4　阨（è）：堵塞。

5　墩（dūn）：土堆。

【翻译】

西湖，由田转化而来，变成了湖；湘湖，也是由田转化而来，但没有变成湖。西湖能变成湖，是苏东坡的缘故，他有意将之变成湖；让湘湖变成湖的，是任长者，不愿成湖却还是变成了湖。任长者有几百顷湘湖田，号称巨富。有个相面的人说他会一夜变穷，他还不信，（后来）县官请求将湘湖变成湖，来浇灌萧山的田，（上面）也下诏应允，他在一夜间失去了这些田，变得像相面的人说的一样贫穷了。

现在湘湖虽然称湖，但实际上还是田，如果不放插板，不筑堤堰，湖水会马上干涸。因此湖中水道难行，若非对湖很熟悉，都无法在湖中前行一尺。游湖的人如果一定要去，就必须找到湖中小船和熟识湖中水道的人，上溯湖水十里，倒有三里是淤泥，水路如哽咽般不通畅。湘湖内外都围了桥，里湖景色尤佳。大概西湖只有一座湖心亭作为眼中黑子，湘湖则全是小岛、小土堆、小山在水面乱插。四周的山脚棱棱砺砺，如入水之足，尤为奇峭。

［明］宋旭·湖州十八景图·长超山

十锦塘（节选）

十锦塘，一名孙堤，在断桥下。司礼太监孙隆于万历十七年修筑。堤阔二丈，遍植桃柳，一如苏堤。岁月既多，树皆合抱。行其下者，枝叶扶苏，漏下月光，碎如残雪。意向言断桥残雪，或言月影也。苏堤离城远，为清波[1]孔道[2]，行旅甚稀。孙堤直达西泠，车马游人，往来如织。兼以西湖光艳，十里荷香，如入山阴道上[3]，使人应接不暇。

湖船小者，可入里湖，大者缘堤倚徙，由锦带桥循至望湖亭，亭在十锦塘之尽。渐近孤山，湖面宽厂。孙东瀛修葺华丽，增筑露台，可风可月，兼可肆筵设席。笙歌剧戏，无日无之。今改作龙王堂，旁缀

1　清波：指清波门，杭州西城门，南宋时建造。

2　孔道：必经之地。

3　如入山阴道上：《世说新语·言语》中有记载："从山阴道上行，山川自相映发，使人应接不暇。"

数楹，咽塞[1]离披[2]，旧景尽失。

再去，则孙太监生祠，背山面湖，颇极壮丽。近为卢太监舍以供佛，改名卢舍庵，而以孙东瀛像置之佛龛之后。孙太监以数十万金钱装塑西湖，其功不在苏学士之下，乃使其遗像不得一见湖光山色，幽囚面壁，见之大为鲠闷。

【翻译】

十锦塘，又叫孙堤，在断桥下面，由司礼太监孙隆在万历十七年修筑而成。堤岸两丈宽，和苏堤一样，四处都种上了桃树、柳树，许多年后，这些树都有人双臂围拢那么大了。人走到树下看，只见枝叶繁茂，月光从树叶的缝隙间漏下，碎如残雪，看来以前说断桥残雪，也许是在说月亮的影子。

苏堤离城里远，是过清波门的必经之处，路上的行人稀少。孙堤则直达西湖，车马游人往来如织，加上西湖景色明艳，又有十里荷香，如同进入了山阴

---

1 咽塞：原指喉咙梗塞，这里指房屋之间通道被堵，不畅通。
2 离披：凋残破败。

道，路上美景令人应接不暇。

湖中乘小船的人，可以进入里湖，乘大船的人可沿岸游玩，从锦带桥游览至望湖亭，望湖亭就在十锦塘的尽头。在渐渐接近孤山的地方，湖面变得宽广起来，孙隆在这里增筑了露台，修葺华丽，可以吟风弄月，还可以设筵摆席，歌乐戏剧也是每天都有。现在这里被改造成了龙王堂，旁边挂着几副楹联，凄凉破败，以前的美景都没了。

再往前，就是孙太监的生祠，背山面湖，非常壮丽，最近变成了卢太监供佛的房舍，改名为卢舍庵，还将孙隆的遗像放在佛龛后面。孙太监花了几十万金钱来装塑西湖，他的功劳不在苏轼之下，遗像却被幽囚面壁，看不见一点儿湖光山色，我见了心里也是大为郁闷。

[明] 宋旭 · 湖州十八景图 · 吕山汇

紫云洞

　　紫云洞在烟霞岭右。其地怪石苍翠，劈空开裂，山顶层层，如厦屋天构。贾似道命工疏剔建庵，刻大士像于其上。双石相倚为门，清风时来，谽谺[1]透出，久坐使人寒栗。

　　又有一坎突出洞中，蓄水澄洁，莫测其底。洞下有懒云窝，四山围合，竹木掩映，结庵其中。名贤游览至此，每有遗世[2]之思。洞旁一壑幽深，昔人凿石，闻金鼓声而止，遂名"金鼓洞"。洞下有泉，曰"白沙"。好事者取以瀹[3]茗，与虎跑[4]齐名。王思任诗：

　　笋舆幽讨遍，大壑气沉沉。

　　山叶逢秋醉，溪声入午暗。

　　是泉从竹护，无石不云深。

　　沁骨凉风至，僧寮絮碧阴。

1　谽谺（hān xiā）：山谷空阔的样子。

2　遗世：超脱尘世，避世隐居。

3　瀹（yuè）：煮。

4　虎跑：即虎跑泉，泉水晶莹甘冽，居西湖诸泉之首。

【翻译】

紫云洞在烟霞岭的右面，这个地方有青绿色的怪石，像劈空开裂一般，山顶一层层的，如同天然构建的房屋。贾似道命工匠疏通剔出空地来建造庵堂，把观音大士的像刻在上面，将两块互相倚靠的石头作为庵门，清风时来，从空阔的山谷中透出，久坐会使人感到寒冷战栗。

有一个水坑在洞中很突出，里面的水干净清澈，底部深不可测。洞下有个懒云窝，四面环山，竹木掩映，庵堂就建在那里。名人贤士游览到这里时，会有超脱尘世的想法。洞旁有一条幽深的山沟，以前有人想在这里凿石头，听到里面传来金鼓声便停止了，因此这里也叫"金鼓洞"。洞下有泉水，名为"白沙"，有好事的人取泉水来煮茶，认为可与虎跑泉齐名。王思任还题诗一首：

笋舆幽讨遍，大壑气沉沉。

山叶逢秋醉，溪声入午暗。

是泉从竹护，无石不云深。

沁骨凉风至，僧寮絮碧阴。

［明］宋旭·湖州十八景图·洞山

龙山雪

天启六年十二月，大雪深三尺许。晚霁[1]，余登龙山，坐上城隍庙山门，李岕生、高眉生、王畹生、马小卿、潘小妃侍。万山载雪，明月薄之，月不能光，雪皆呆白。坐久清冽，苍头送酒至，余勉强举大觥敌寒，酒气冉冉，积雪欱[2]之，竟不得醉。马小卿唱曲，李岕生吹洞箫和之，声为寒威所慑，咽涩不得出。

三鼓归寝。马小卿、潘小妃相抱从百步街旋滚而下，直至山趾[3]，浴雪而立。余坐一小羊头车[4]，拖冰凌而归。

【翻译】

天启六年十二月，大雪下了三尺多深。晚上雪停

---

1 霁（jì）：雨后转晴。

2 欱（hē）：吸吮。

3 山趾：山脚。

4 羊头车：一种独轮小车。

放晴时，我登上龙山，坐在城隍庙的山门上，有李岕生、高眉生、王畹生、马小卿、潘小妃陪着。万山铺雪，明月的清辉因此显得稀薄，月亮发不出光，雪色白得有些单调。坐久了觉得清寒，老仆送上酒来，我勉强举起大杯喝酒御寒，酒中热气冉冉升起，被积雪吸走了，竟然没有喝醉。马小卿唱曲，李岕生吹洞箫相和，声音被寒威震慑，哽咽生涩发不出来。

三更时分回去就寝，马小卿、潘小妃抱在一起，从百步街翻滚而下，一直滚到山脚，浑身是雪地站着。我坐在小羊头车上，一路拖着冰凌回去了。

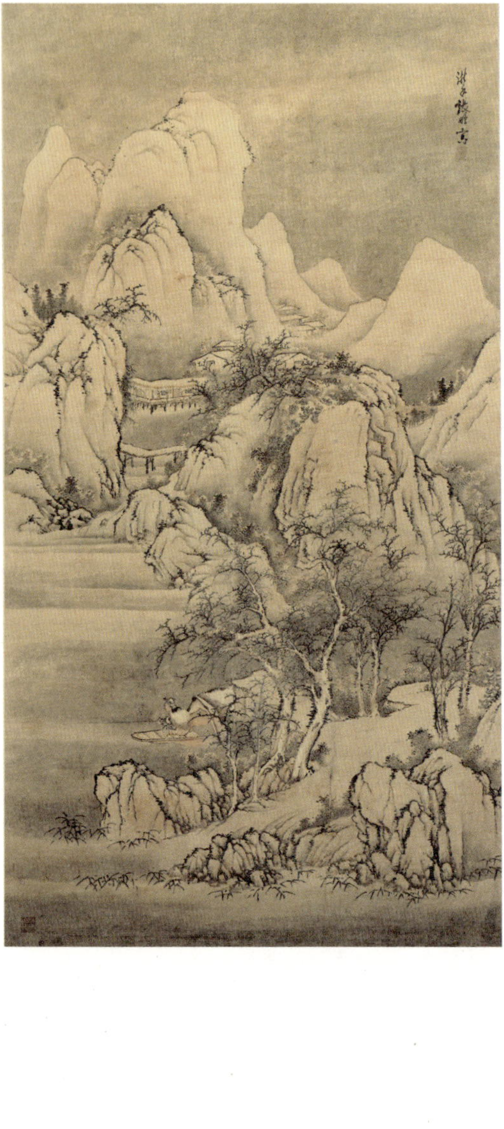

［明］张鹏·雪景图

○

卷二 生活有味

［明］仇英·写经换茶图（局部）

雷殿

雷殿在龙山磨盘冈下，钱武肃王于此建蓬莱阁，有断碣¹在焉。殿前石台高爽，乔木萧疏。六月，月从南来，树不蔽月。余每浴后拉秦一生、石田上人、平子辈坐台上，乘凉风，携肴核，饮香雪酒，剥鸡豆，啜乌龙井水，水凉冽激齿。下午着人投西瓜浸之，夜剖食，寒栗逼人，可雠²三伏。林中多鹘，闻人声辄惊起，磔磔³云霄间，半日不得下。

【翻译】

雷殿在龙山磨盘冈的下面，钱武肃王在这里修建了蓬莱阁，至今还有块断碑留存。殿前石台高大轩敞，周边乔木萧索稀疏。六月时，月亮从南边升起，

1　断碣：残破断裂的石碑。

2　雠（chóu）：应对。

3　磔磔（zhé）：象声词，鸟叫声，这句话用了苏轼的《石钟山记》："而山上栖鹘，闻人声亦惊起，磔磔云霄间。"

树木也无法遮蔽。我每次沐浴后就拉着秦一生、石田上人、平子辈坐在石台上，吹凉风，吃果肴，饮香雪酒，剥鸡豆，喝乌龙井水，井水凉冽，令齿生寒。下午让人把西瓜投在水里浸泡，夜晚剖开来吃，只觉寒气逼人，恰能应付炎热的三伏天。林中有很多鹡鸟，听见人声便惊飞而起，在云间发出"磔磔"的叫声，半天也不敢飞下来。

［明］仇英·蕉阴结夏图

庞公池

庞公池岁不得船[1]，况夜船，况看月而船。自余读书山艇子，辄留小舟于池中，月夜，夜夜出，缘城至北海坂，往返可五里，盘旋其中。山后人家，闭门高卧，不见灯火，悄悄冥冥，意颇凄恻。

余设凉簟[2]，卧舟中看月，小傒船头唱曲，醉梦相杂，声声渐远，月亦渐淡，嗒然[3]睡去。歌终忽寤，含糊赞之，寻复鼾齁[4]。小傒亦呵欠歪斜，互相枕藉。舟子回船到岸，篙啄丁丁，促起就寝。此时胸中浩浩落落，并无芥蒂，一枕黑甜[5]，高舂[6]始起，不晓世间何物谓之忧愁。

---

1 岁不得船：一年都很少有船行驶。

2 凉簟（diàn）：凉席。

3 嗒（tà）然：形容物我两忘的状态。

4 鼾齁（hān hōu）：熟睡时打呼噜的声音。

5 一枕黑甜：酣睡的样子。宋代苏轼《发广州》诗："三杯软饱后，一枕黑甜余。"

6 高舂（chōng）：日影西斜近黄昏时。

【翻译】

庞公池里一年都很少有船行驶，何况是夜晚乘船，更何况是为看月而乘船。我自从在山艇子读书后，就在池里留了一只小船。每到月夜，夜夜出游，沿城到北海坂，往返大约有五里，我便盘旋游荡在其中。山后的人家，大都闭门高卧，看不见屋内灯火，四周寂静昏暗，意境颇为凄凉伤感。

我铺了一张凉席，躺在舟中看月亮。小童仆在船头唱曲，我则醉眼蒙眬，有如做梦，曲声渐远，月色渐淡，在恍惚间悠然入睡。歌声终了时，我忽然醒来，含糊地称赞了他一番，接着呼呼大睡。小童仆也打着哈欠，身子歪斜，我们便互相枕着睡了。船夫停船到岸时，竹篙发出"丁丁"的声音，他催促我们回去再睡。我此时胸中空空荡荡，没有半点尘世的苦闷，一场酣睡，日近黄昏时才醒来，不知道世间何物是忧愁。

［明］宋旭·湖州十八景图·归云庵

焦山

　　仲叔守瓜州，余借住于园[1]，无事辄登金山寺。风月清爽，二鼓，犹上妙高台，长江之险，遂同沟浍[2]。一日，放舟焦山，山更纡谲[3]可喜。江曲涡山下，水望澄明，渊无潜甲。海猪[4]、海马，投饭起食，驯扰若豢[5]鱼。看水晶殿，寻《瘗鹤铭》[6]，山无人杂，静若太古。回首瓜州烟火城中，真如隔世。

　　饭饱睡足，新浴而出，走拜焦处士[7]祠。见其轩

1　于园：在瓜州江边。

2　沟浍（huì）：泛指田间水道。

3　纡谲（yū jué）：曲折。

4　海猪：这里指江豚。

5　豢（huàn）：喂养。

6　《瘗鹤铭》：葬鹤的铭文，南朝摩崖石刻，在中国书法史上有重要的地位和影响。

7　焦处士：即焦先，汉末隐士。汉末大乱时，他隐居山中，食草饮水，饿不苟食，寒不苟衣，后人将其隐居之山称为焦山。

冕[1]黼黻[2]，夫人列坐，陪臣四，女官四，羽葆云罕[3]，俨然[4]王者。盖土人奉为土谷[5]，以王礼祀之。是犹以杜十姨[6]配伍髭须[7]，千古不能正其非也。处士有灵，不知走向何所？

【翻译】

二叔守卫瓜州时，我借住在于园，无事时便上金山寺。二更天时，山上风清月明，我登上妙高台看长江的险处，倒觉得如田间的水渠一般。有一天，我乘船到焦山游玩，山势更加曲折可喜，江水在山下盘旋，水色澄明，深水里潜伏的鱼都看得很清楚，水中的江豚与海马，只要投饭，便跃出水面来吃食，驯顺得如家鱼一般。看水晶殿，找寻南朝摩崖石刻《瘗鹤

1　轩冕：士大夫以上官员的车乘和冕服。

2　黼黻（fǔ fú）：泛指礼服上所绣的华美花纹。

3　云罕：旌旗。

4　俨然：形容庄重、严肃的样子。

5　土谷：土地神和五谷神。

6　杜十姨：唐代杜甫曾任右拾遗，故后人称之为杜拾遗，俗人不知这个缘故，将杜甫庙讹称为杜十姨庙，并将神像改成妇女。

7　伍髭须：俗人对伍子胥的讹称，与杜甫遭遇相似。

铭》，山中没有嘈杂的人声，安静得如远古时期。回头再看瓜州城中烟火，当真是恍如隔世。

饭饱睡足之后，刚洗浴完出来，我便去拜访焦处士祠堂，只见他华车锦服，夫人坐在他旁边，有四个陪臣，四个女官，车盖用鸟羽装饰，旌旗飘扬，庄严得像个帝王。大概当地人将他奉为土地神和五谷神，以帝王的礼节来祭祀他，犹如杜十姨配伍髭须，千百年也难以改正这个错误了。焦处士如果泉下有灵，不知道该走到哪里去呢？

［明］宋旭·湖州十八景图·沈长山

陈章侯

崇祯己卯[1]八月十三，侍南华老人[2]饮湖舫，先月早归。章侯怅怅向余曰："如此好月，拥被卧耶？"余敦苍头携家酿斗许，呼一小划船再到断桥，章侯独饮，不觉沾醉。过玉莲亭，丁叔潜[3]呼舟北岸，出塘栖蜜橘相饷，畅啖之。

章侯方卧，船上嚣嚣。岸上有女郎，命童子致意云："相公船肯载我女郎至一桥否？"余许之。女郎欣然下，轻绡淡弱，婉嫕[4]可人。章侯被酒挑之曰："女郎侠如张一妹[5]，能同虬髯客饮否？"女郎欣然就饮。移舟至一桥，漏二下矣，竟倾家酿而去。问其住处，笑而不答。章侯欲蹑[6]之，见其过岳王坟，不能追也。

1　崇祯己卯：即崇祯十二年。

2　南华老人：指张岱祖父张汝霖的弟弟张汝懋，即张岱的叔祖。

3　丁叔潜：万历年间进士，曾任叙州知府。

4　婉嫕（yì）：温顺娴静。

5　张一妹：唐代杜光庭传奇小说《虬髯客传》中的女侠。

6　蹑：跟踪。

【翻译】

崇祯十二年八月十三，我侍奉叔祖南华老人在湖船上饮酒，月亮出来之前就回家了。陈章侯惆怅地对我说："如此好月，难道就要盖着被子睡觉了吗？"我便让老仆去拿一斗家酿的酒，招呼一艘小船再到断桥去，章侯独自喝着酒，不知不觉便醉了。经过玉莲亭时，丁叔潜招呼着把船停在北岸，还拿出塘栖蜜橘给我们吃，大家畅快地吃掉了。

章侯刚躺下，船上一片叫嚣声。岸上有一个女郎，让童子向我们问候道："相公的船肯载我家女郎到一座桥边吗？"我答应了。女郎欣然来到船上，她身着轻衣，淡雅文弱，温婉可人。章侯借着醉意挑逗她说："女郎一身侠气犹如张一妹，能同我这虬髯客喝一杯吗？"女郎欣然饮酒。船行到一座桥下时，已经是二更，带来的家酿竟然都被喝完了。女郎起身离去时我们询问她的住处，她笑而不答。章侯想跟踪她，见她过了岳王坟，就不能追上了。

［明］沈周·《东庄图册》（其八）

曹山

万历甲辰[1]，大父[2]游曹山，大张乐[3]于狮子岩下。石梁先生戏作山君檄讨大父，祖[4]昭明太子语，谓若以管弦污我岩壑。大父作檄骂之，有曰："谁云鬼刻神镂，竟是残山剩水！"石篑先生嗤石梁曰："文人也，那得犯其锋！不若自认，以'残山剩水'四字摩崖勒之。"先辈之引重如此。

曹石宕[5]为外祖放生池，积三十余年，放生几百千万，有见池中放光如万炬烛天，鱼虾荇藻附之而起，直达天河者。余少时从先宜人至曹山庵作佛事，以大竹籍[6]贮西瓜四，浸宕内。须臾，大声起岩下，水喷起十余丈，三小舟缆断，颠翻波中，冲击

1　万历甲辰：指万历三十二年，公元 1604 年。

2　大父：祖父。

3　张乐：奏乐。

4　祖：模仿。

5　宕：湖泊。

6　籍（bù）：竹篓。

几碎。舟人急起视，见大鱼如舟，口欱¹四瓜，掉尾
而下。

【翻译】

　　万历三十二年，祖父在曹山游玩，于狮子岩下大
声奏乐，石梁先生戏写了篇山君檄文谴责祖父，仿照
昭明太子的话，说你用管弦玷污了我的山川，祖父也
写了篇檄文回骂："谁说这是鬼刻神镂，不过是残山
剩水！"石箦先生讥笑石梁先生说："文人嘛，犯不着
针锋相对！不如就自己认输，将'残山剩水'四个字
刻在石崖上。"先辈们互相推重到这种程度。

　　曹石宕是外祖父的放生池，三十余年来，放生的
生灵有成百上千万，有人看见池中放光，如万把火炬
照耀天空，鱼虾荇藻依附而起，直达天河。我年少时
跟着母亲到曹山庵做佛事，用大竹篓装了四个西瓜，
浸在池中。过了一会儿，岩石下发出很大的声响，水
喷起十余丈高，三只小舟的船缆都断了，小舟在湖上
颠簸翻滚，几乎要被冲碎。船上的人急忙起身去看，

1　欱（hē）：吮吸，在这里指吞掉。

只见有条像船那么大的鱼，一口吞掉四个西瓜，尾巴一甩又潜下去了。

［明］唐寅·秋山高士图

琅嬛福地[1]

陶庵[2]梦有夙因，常梦至一石厂，峭宿岩窦[3]，前有急湍洄溪，水落如雪，松石奇古，杂以名花。梦坐其中，童子进茗果，积书满架，开卷视之，多蝌蚪、鸟迹[4]、霹雳篆文，梦中读之，似能通其棘涩。闲居无事，夜辄梦之，醒后怔忡，欲得一胜地仿佛为之。

郊外有一小山，石骨棱砺，上多筼筜[5]，偃伏园内。余欲造厂，堂东西向，前后轩之，后礧[6]一石坪，植黄山松数棵，奇石峡之。堂前树娑罗二，资其清

1　琅嬛福地：神仙居住的洞府。出自元代伊世珍的笔记小说《琅嬛记》，故事说：西晋张华被人引领到一个奇异之地，那里宫室巍峨，古树参天，还有个全是书的密室，临别时张华问地名，被告知是"琅嬛福地"。

2　陶庵：作者的自号。

3　峭宿（yǎo）岩窦（fù）：山石峥嵘险峻，洞穴深幽曲折。

4　蝌蚪、鸟迹：都是古文字。鸟迹：即鸟篆。

5　筼筜：丛生的竹子。

6　礧（lěi）：古同"垒"，堆砌。

樾[1]。左附虚室，坐对山麓，磴磴齿齿，划裂如试剑，匾曰"一丘"。右踞厂阁三间，前临大沼，秋水明瑟，深柳读书，匾曰"一壑"。

缘山以北，精舍小房，绌屈蜿蜒，有古木，有层崖，有小涧，有幽篁，节节有致。山尽有佳穴，造生圹[2]，俟陶庵蜕焉，碑曰"呜呼有明陶庵张长公之圹"。圹左有空地亩许，架一草庵，供佛，供陶庵像，迎僧住之奉香火。

大沼阔十亩许，沼外小河三四折，可纳舟入沼。河两崖皆高阜，可植果木，以橘、以梅、以梨、以枣，枸菊围之。山顶可亭。山之西鄙，有腴田二十亩，可秫可秔[3]。门临大河，小楼翼之，可看炉峰、敬亭诸山。楼下门之，匾曰"琅嬛福地"。缘河北走，有石桥极古朴，上有灌木，可坐、可风、可月。

【翻译】

我做梦或许有前世之因，时常梦见自己到一个石

1　樾（yuè）：树荫。

2　生圹（kuàng）：生前营造好的墓穴。圹：墓穴。

3　秫（shú）：高粱。秔（jīng）：水稻。

厂，那里山石险峻，洞穴深幽，前面有湍急回旋的小溪，溪水落下如雪花飘洒，松石奇特古朴，中间夹杂着名花。我梦见自己坐在其中，有童子进献茶果，架子上满满的都是书，打开书一看，多是些蝌蚪文、鸟篆文、霹雳篆文，梦里读的时候，似乎也能读懂这些艰涩的文字。闲来无事时，我便时常做这个梦，醒来之后细想，觉得应找一个好地方，然后仿照梦境来打造它。

郊外有一座小山，石崖坚硬陡峭，山上有一片竹林，隐藏在一座园内。我想就在这里建一座屋子，大堂是东西走向，前后配上有窗的长廊，后面垒一个石坪，种上几棵黄山松，并以奇石做成山峡的样子。堂前种两棵娑罗树，多些清凉，左边附带一座空房间，坐在里面可以看到对面的山麓，山上石径排列整齐，像是被划裂的试剑石，门上悬一块匾，上面写着"一丘"。右边再造三间敞开的阁楼，阁楼前临池塘，秋天池水明净透亮时，正适合在柳荫下读书，楼前挂块写有"一壑"的匾额。

顺着山路向北，建几座精致小房，蜿蜒曲折，周围有古树，有层层山崖，有狭小的山涧，有幽深的竹林，错落有致。山尽头有一个洞穴，就在那里建造生坟，等到我离世后使用，碑上写着"呜呼有明陶庵张长公之圹"。

墓穴左边有一亩多空地，可建一座草庵，供奉佛像和我的遗像，迎请僧人住在那里供奉香火。大水池有十亩左右宽，池外有条拐了三四道弯的小河，从小河可以划船进入池塘。河两岸都是高的土山，可在那里种果树，用橘树、梅树、梨树、枣树、枸菊等围起来，山顶可建一座亭子。

山的西边，有二十亩良田，可以种高粱和水稻。园门对着大河，可以建一座带飞檐的小楼，在那里可以看炉峰、敬亭等山，楼下的门同样悬一块匾，题字"琅嬛福地"。沿着河向北走，有座很古朴的石桥，桥上有灌木，可闲坐，可吟风，可弄月。

[明] 刘度·春山台榭轴

卷三　美食档案

［明］项圣谟·蟠桃图（局部）

蟹会

食品不加盐醋而五味全者，为蚶、为河蟹。河蟹至十月与稻粱俱肥，壳如盘大，坟起[1]，而紫螯巨如拳，小脚肉出，油油如蟥蚕[2]。掀其壳，膏腻堆积，如玉脂珀屑，团结不散，甘腴虽八珍[3]不及。

一到十月，余与友人兄弟辈立蟹会，期于午后至，煮蟹食之，人六只，恐冷腥，迭番煮之。从以肥腊鸭、牛乳酪。醉蚶如琥珀，以鸭汁煮白菜如玉版[4]。果蓏以谢橘、以风栗、以风菱。饮以玉壶冰，蔬以兵坑笋，饭以新余杭白，漱以兰雪茶。由今思之，真如天厨仙供，酒醉饭饱，惭愧惭愧。

---

1 坟起：隆起，突起。

2 蟥蚕（yǐn yǎn）：一种形似蜈蚣的昆虫，一说是蚯蚓，一说是蚰蜒。

3 八珍：八种贵重食品，一般指龙肝、凤髓、豹胎、鲤尾、鸮炙、猩唇、熊掌、酥酪蝉。

4 玉版：刻字的玉片。

【翻译】

不加盐醋而五味俱全的食物，就是蚶子、河蟹了。河蟹到了十月，和稻米一起成熟，它的壳像盘子一样大，突起在身体表面，紫色的蟹螯大如拳头，蟹脚剥出肉来像蟛蜞一样浓密饱满。掀开它的壳，里面的膏就像玉脂珀屑，凝结不散，那种甘美真是八珍也比不上。

一到十月，我便和朋友兄弟们开蟹会，相约在午后到，煮螃蟹来吃，每人六只，因为害怕冷了会变腥，所以轮番来煮，以肥腊鸭和牛奶酪为辅食。醉蚶色如琥珀，用鸭汁煮了的白菜则如玉版，瓜果就吃谢橘、风栗、风菱。喝的是玉壶冰酒，蔬菜是兵坑笋，饭是新出的余杭白米饭，用兰雪茶来漱口。现在想起来，真是天上神厨供给仙人的美味，吃得酒醉饭饱，惭愧惭愧。

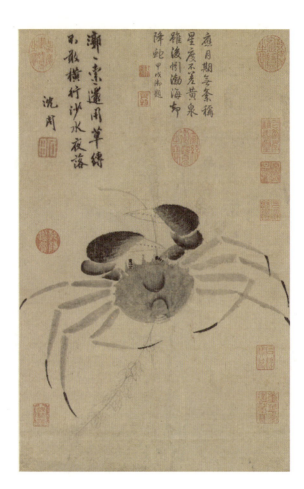

[明]沈周·溇索图

乳酪

乳酪自驵侩[1]为之，气味已失，再无佳理。余自豢一牛，夜取乳置盆盎，比晓，乳花簇起尺许，用铜铛煮之，瀹[2]兰雪汁，乳斤和汁四瓯，百沸之。玉液珠胶，雪腴霜腻，吹气胜兰，沁入肺腑，自是天供。

或用鹤觞[3]、花露入甑[4]蒸之，以热妙；或用豆粉搀和，漉[5]之成腐，以冷妙；或煎酥，或作皮，或缚饼，或酒凝，或盐腌，或醋捉，无不佳妙。而苏州过小拙和以蔗浆霜[6]，熬之、滤之、钻之、掇[7]之、印之，为带骨鲍螺，天下称至味。其制法秘甚，锁密房，以纸封固，虽父子不轻传之。

1　驵侩（zǎng kuài）：旧指牲畜交易的经纪人，后泛指商人、市侩。

2　瀹（yuè）：浸渍。

3　鹤觞：酒名。

4　甑（zèng）：古代炊具，底部有许多小孔，放在鬲（lì）上蒸食物。

5　漉（lù）：过滤。

6　蔗浆霜：白糖。

7　掇（duō）：拾取，摘取。

【翻译】

乳酪由商人制作，已经失去了气味，再也没有上好的道理。我自己养了一头牛，晚上把牛乳放在盆里，天亮时，乳花就堆起一尺来高，用铜锅来煮，以兰雪茶汁浸润，一斤牛乳加上四杯兰雪茶汁，反复煮沸。煮出的牛乳如同玉液珠胶，似霜雪般细腻润滑，香气胜过兰花，沁入肺腑，自然是天之佳作。

或者和鹤觞酒、花露放进甑里一起蒸，趁热吃最好；或者用豆粉掺和，过滤后做成豆腐状，冷吃尤佳；或煎成酥，或做成皮，或捆成饼，或加酒凝固，或用盐腌，或用醋渍，无一不是妙法。苏州的过小拙将其与白糖混合，熬煮，过滤，穿孔，拾取，印上花纹，最后制成带骨鲍螺，号称天下至味。他的制作方法很神秘，用纸封存好锁在密室里，即使是父子，也不轻易传授。

〔明〕周臣·宁戚饭牛图

兰雪茶

日铸[1]者，越王铸剑地也。茶味棱棱[2]，有金石之气。欧阳永叔[3]曰："两浙之茶，日铸第一。"王龟龄曰："龙山瑞草，日铸雪芽。"日铸名起此。京师茶客，有茶则至，意不在雪芽也。而雪芽利之，一如京茶式，不敢独异。

三峨叔[4]知松萝焙法，取瑞草试之，香扑冽。余曰："瑞草固佳，汉武帝食露盘，无补多欲；日铸茶薮，'牛虽瘠，偾于豚上'[5]也。"遂募歙[6]人入日铸。

扚法、掐法、挪法、撒法、扇法、炒法、焙法、藏法，一如松萝。他泉瀹之，香气不出，煮禊泉，投

1　日铸：指日铸山，在绍兴，产名茶。

2　棱棱：形容茶叶味道浓厚、清朗，与淡雅、清香的气息相反。

3　欧阳永叔：即北宋欧阳修，其字永叔。

4　三峨叔：张岱的三叔张炳芳，号三峨。

5　牛虽瘠，偾于豚上：出自《左传·昭公十三年》："牛虽瘠，偾于豚上，其畏不死？"意思是牛再瘦，压到小猪身上，还怕压它不死吗？这里比喻日铸茶有绝对优势。

6　歙（shè）：歙县，地名。在安徽南部。以产徽墨、歙砚著名。

以小罐，则香太浓郁。杂入茉莉，再三较量，用敞口瓷瓯淡放之，候其冷；以旋滚汤冲泻之，色如竹箨[1]方解，绿粉初匀；又如山窗初曙，透纸黎光。取青妃白[2]，倾向素瓷，真如百茎素兰同雪涛并泻也。

雪芽得其色矣，未得其气，余戏呼之"兰雪"。四五年后，"兰雪茶"一哄如市焉。越之好事者不食松萝，止食兰雪。兰雪则食，以松萝而篡兰雪者亦食，盖松萝贬声价俯就兰雪，从俗也。乃近日徽歙间松萝亦名兰雪，向以松萝名者，封面系换，则又奇矣。

【翻译】

日铸山，是越王勾践铸剑的地方。这里的茶味道浓厚清朗，有金石般的气息。欧阳修说："两浙的茶，以日铸山为第一。"王龟龄说："龙山的瑞草，日铸山的雪芽。"日铸茶的名气由此而起。京师的茶商，每到产茶的季节便来，但来这儿的意图并非雪芽，而雪

1　竹箨（tuò）：笋壳。

2　取青妃白：以青配白。妃：匹配。

芽如果想获利，就必须遵循京茶的制式，不敢展现自己的特别之处。

三叔知道松萝茶的烘培方法，依法炮制瑞草茶，结果清香扑鼻。我却说："瑞草固然好，但如同汉武帝承露盘中的露水一样稀少，无法满足众多需求，反而是日铸山的茶产量很高，就像是《左传》中说的那样：'牛再瘦，压在小猪身上，还怕压不死吗？'"

于是我开始招募歙县的人到日铸来，扚法、掐法、挪法、撒法、扇法、炒法、焙法、藏法，全部遵照松萝茶的制作工艺。茶制成之后，再用别的泉水来煮，香气出不来，便换成禊泉水来煮，投进小罐里，香味又过于浓郁。后来加入茉莉，反复配比，冲淡后放入敞口的瓷杯中，等待冷却，随即用滚烫的热水冲泡，茶色有如刚剥开的竹笋，绿粉均匀，又像是黎明时分山窗的窗纸，刚刚透出曙色。

以青配白，将杯中的茶倒入白色瓷器中，真像百枝素兰和如雪的波涛一泻而下。雪芽茶算是尽得其色，但没有兰花的香，我戏称这种新茶为"兰雪"。

四五年后，"兰雪茶"在市面上被哄抢。浙江喜欢多事的人不再喝松萝茶，只喝兰雪茶。真的兰雪茶有人喝，用松萝茶掺杂兰雪的茶也有人喝，大概是松萝自贬身价来屈就兰雪，以适应大众。近日徽州歙县的松萝茶也冒名兰雪茶，以前那些叫松萝茶的，包装也跟着换了，这也是奇了。

碧山深处絕纖埃，兩、軒窗
對坐闲聭雨、个過茶事
好鼎湯初沸有明來
嘉靖辛卯山中茶事方盛
陸子傳過访遂汲泉煮
而品之真一段佳话也
徵明製

[明] 文徵明·品茶图

方物[1]

　　越中清馋[2]，无过余者，喜啖方物。北京则苹婆果、黄鼠、马牙松；山东则羊肚菜、秋白梨、文官果、甜子；福建则福橘、福橘饼、牛皮糖、红腐乳；江西则青根、丰城脯；山西则天花菜；苏州则带骨鲍螺、山查丁、山查糕、松子糖、白圆、橄榄脯；嘉兴则马交鱼脯、陶庄黄雀；南京则套樱桃、桃门枣、地栗团、窝笋团、山查糖；杭州则西瓜、鸡豆子、花下藕、韭芽、玄笋、塘栖蜜橘；萧山则杨梅、莼菜、鸠鸟、青鲫、方柿；诸暨则香狸、樱桃、虎栗；嵊则蕨粉、细榧、龙游糖；临海则枕头瓜；台州则瓦楞蚶、江瑶柱；浦江则火肉；东阳则南枣；山阴则破塘笋、谢橘、独山菱、河蟹、三江屯蛏、白蛤、江鱼、鲥鱼、里河鰦。远则岁致[3]之，近则月致之、日致之。

1　方物：地方特产。

2　清馋：清雅而嘴馋。

3　岁致：一年弄来一次。

耽耽逐逐 [1]，日为口腹谋，罪孽固重。但由今思之，四方兵燹 [2]，寸寸割裂，钱塘衣带水，犹不敢轻渡，则向之传食四方，不可不谓之福德也。

【翻译】

越中清雅嘴馋的人，没有超过我的，我喜欢吃地方特产。说起地方特产，北京是苹果、黄鼠、马牙松；山东是羊肚菜、秋白梨、文官果、甜子；福建是福橘、福橘饼、牛皮糖、红腐乳；江西是青根鱼、丰城脯；山西是天花菜；苏州是带骨鲍螺、山楂丁、山楂糕、松子糖、白圆、橄榄脯；嘉兴是马鲛鱼脯、陶庄黄雀；南京是套樱桃、桃门枣、地栗团、窝笋团、山楂糖；杭州是西瓜、鸡豆子、花下藕、韭芽、玄笋、塘栖蜜橘；萧山是杨梅、莼菜、鸠鸟、青鲫、方柿；诸暨是香狸、樱桃、虎栗；嵊州是蕨根粉、细榧、龙游糖；临海是枕头瓜；台州是瓦楞蚶、江瑶柱；浦江是火腿肉；东阳是南枣；山阴是破塘笋、谢

橘、独山菱、河蟹、三江屯蛏、白蛤、江鱼、鲥鱼、里河鲻。

地方远的话，就一年采购一次，地方近的话就每月甚至每天采购一次。对于吃，我的确是热衷至极，每天想着口腹之欲，罪孽当然深重，但现在想想，战乱四起，山河国土寸寸割裂，钱塘江一衣带水，依然不敢轻易渡过，看来以前能吃到四方的美食，也不得不说是福气了。

［清］顾洛·蔬果图

品山堂鱼宕

　　二十年前强半[1]住众香国[2]，日进城市，夜必出之。品山堂孤松箕踞，岸帻入水[3]。池广三亩，莲花起岸，莲房以百以千，鲜磊[4]可喜。新雨过，收叶上荷珠煮酒，香扑烈。门外鱼宕，横亘三百余亩，多种菱芡。小菱如姜芽，辄采食之，嫩如莲实，香似建兰，无味可匹。

　　深秋，橘奴饱霜，非个个红绽，不轻下剪。季冬观鱼，鱼艓千余艘，鳞次栉比，罱[5]者夹之，罛[6]者扣

1　强半：大半，过半。

2　众香国：园林名，是张岱父亲所建。

3　孤松箕踞，岸帻入水：指孤松有与人相似的形态，像一个叉开腿坐着、抒起头巾、额头浸入水中的人。

4　鲜磊：新鲜而子实累累。

5　罱（lǎn）：捕鱼或捞水草、河泥的工具，在两根平行的短竹竿上张一个网，再装两根交叉的长竹柄做成，两手握住竹柄使网开合。

6　罛（gū）：古代的一种大渔网。

之，籍¹者罨²之，罺³者撒之，罩者抑之，罣⁴者举之，水皆泥泛，浊如土浆。鱼入网者圉圉⁵，漏网者唵唵⁶，寸鲩纤鳞，无不毕出。集舟分鱼，鱼税三百余斤，赤瞵⁷白肚，满载而归。约吾昆弟，烹鲜剧饮，竟日方散。

【翻译】

二十年前，我大部分时间都住在众香国园林，白天进城，夜晚必定出城。品山堂有棵孤松，姿态洒脱，像一个叉开腿坐着、捋起头巾、额头浸入水中的人。堂内池塘宽约三亩，莲花高出岸边，莲房成百上千，花实累累，很是喜人。等刚下过雨后，收集荷叶上的水珠来煮酒，香味浓烈扑鼻。

门外的鱼塘，横亘三百多亩，大多种了菱角、芡

1　籍（cè）：用叉刺鱼。

2　罨（yǎn）：渔网，亦指撒网捕鱼。

3　罺（xuǎn）：渔网。

4　罣（guà）：同"挂"。

5　圉圉（yǔ）：拘束、不伸展的样子。

6　唵唵（yǎn）：（鱼）在水面张口呼吸的样子。

7　瞵：鱼眼珠。

实。小菱角像姜芽一样大，采来便能吃，鲜嫩如莲子，香味如建兰，真是人间至味。深秋时节，橘子饱受风霜后，若非个个红得开裂，便不轻易剪下。冬天看捕鱼，有千余艘渔船，鳞次栉比，人们用罶夹鱼，用罳扣鱼，用叉刺鱼，用网捞鱼，用竹笼压鱼，提起挂网捕鱼，水里都是向上泛的泥，浑浊如土浆一般。入网的鱼被拘束，漏网的鱼则很快活，即便是寸长的小鱼，也浮出了水面。大家把船集合起来分鱼，光鱼税就有三百多斤，看着这红眼白肚的样子，真是满载而归。我约了兄弟来烹煮鲜鱼，痛快饮酒，整整一天才散去。

［明］戴进·秋江鱼艇图（局部）

樊江陈氏橘

樊江陈氏，辟地为果园，枸菊围之。自麦为蒟酱[1]，自秫酿酒，酒香冽，色如淡金蜜珀，酒人称之。自果自蓏[2]，以螫乳[3]醴[4]之为冥果[5]。树谢橘百株，青不撷[6]，酸不撷，不树上红不撷，不霜不撷，不连蒂剪[7]不撷。故其所撷，橘皮宽而绽，色黄而深，瓤坚而脆，筋解而脱，味甜而鲜。第四门、陶堰、道墟以至塘栖，皆无其比。

余岁必亲至其园买橘，宁迟、宁贵、宁少。购得之，用黄砂缸，藉以金城稻草或燥松毛收之。阅十

1　蒟（jǔ）酱：用胡椒类植物做成的酱。

2　蓏（luǒ）：古书上指瓜类植物的果实。

3　螫（shì）乳：蜂蜜的别名。

4　醴（lǐ）：使……变甜。

5　冥果：蜂蜜浸泡过的甜果。

6　撷（xié）：摘下，取下。

7　连蒂剪：宋代韩彦直《橘录》："及经霜二三夕才尽剪，遇天气晴霁，数十辈为群，以小剪就枝间平蒂断之，轻置筐筥中，保护之必甚谨，惧其香雾之裂则易坏。"

日，草有润气，又更换之。可藏至三月尽，甘脆如新撷者。枸菊城主人橘百树，岁获绢百匹，不愧木奴[1]。

【翻译】

樊江陈家，开辟了一块地作为果园，用枸杞和菊花做围栏，自己种麦子做蒟酱，种黏高粱来酿酒，酿成的酒芳香甘冽，色泽如同淡金蜜珀，喝酒的人纷纷称赞。自己种瓜果，用蜂蜜浸泡后，做成蜜饯。园内种了上百棵谢橘，青的不摘，酸的不摘，在树上没红的不摘，不经霜冻的不摘，不连蒂剪下的不摘。因此他家摘的橘子，橘皮薄得绽开，果色深黄，果肉坚实爽脆，果肉上的白筋一解即落，味道甘甜鲜美。第四门、陶堰、道墟以至塘栖这些地方的橘子，都没有能与之相比的。

我每年一定要亲自去他家果园买橘子，宁愿买得晚些，买得贵些，买得少些。买到橘子后，用黄砂缸装好，里面铺上金城稻草或者是干燥的松毛。过了十

1　木奴：橘树的别称。三国吴人李衡是丹阳太守，在龙阳洲上种橘千树，临终时对儿子说："吾州里有千头木奴，不责汝衣食。岁上一匹绢，亦足用矣。"事见《三国志·孙休传》，注引《襄阳记》。

来天，草有潮气，又换上新的，这样到三月底，缸中的橘子还甘甜清脆，像刚摘下来的一样。枸菊城主人这上百棵橘树的果实，每年能换得上百匹绢，也可以称得上是木奴了。

［南宋］林椿·橙黄橘绿图

鹿苑寺方柿

萧山方柿，皮绿者不佳，皮红而肉糜烂者不佳，必树头红而坚脆如藕者，方称绝品。然间遇之，不多得。余向言西瓜生于六月，享尽天福；秋白梨生于秋，方柿、绿柿生于冬，未免失候。

丙戌，余避兵西白山，鹿苑寺前后有夏方柿十数株。六月歊[1]暑，柿大如瓜，生脆如咀冰嚼雪，目为之明，但无法制之，则涩勒不可入口。土人以桑叶煎汤，候冷，加盐少许，入瓮内，浸柿没其颈，隔二宿取食，鲜磊[2]异常。余食萧山柿多涩，请赠以此法。

【翻译】

萧山的方柿，绿皮的不好，红皮但是果肉熟烂的也不好，一定是在树上红艳而且坚脆得像藕一样，才

1　歊（xiāo）：热气升腾的样子。
2　鲜磊：新鲜爽口。

称得上绝品，然而这样的柿子只能偶然碰到，不可多得。我之前说西瓜在六月生长，可谓是享尽天福；秋白梨在秋天生长，方柿、绿柿在冬天生长，未免错过最佳时节了。

丙戌年间，我在西白山躲避兵乱，鹿苑寺前后有十几棵夏方柿。六月酷暑之时，柿子大得像瓜，生吃时脆得像咀冰嚼雪一样，令人顿时神清目明，但若是没有用对加工方法，就会涩得难以入口。

当地人用桑叶煎煮成汤水，等到汤水冷却后，加入少许盐，放进瓮内，浸泡柿子，汤水超过瓮颈。隔两夜再取出柿子来吃，鲜美异常。我以前吃的萧山方柿大多发涩，就将这个方法送给诸位吧。

［明］佚名·蔬果图

○ 卷四　节日习俗

［清］冷枚·梧桐双兔图（局部）

虎丘中秋夜

虎丘八月半，土著流寓[1]、士夫眷属、女乐声伎、曲中名妓戏婆、民间少妇好女、崽子娈童[2]及游冶恶少[3]、清客帮闲[4]、傒僮走空[5]之辈，无不鳞集。自生公台、千人石、鹤涧、剑池、申文定祠，下至试剑石、一二山门，皆铺毡席地坐，登高望之，如雁落平沙，霞铺江上。天暝月上，鼓吹百十处，大吹大擂，十番铙钹[6]，《渔阳掺挝》[7]，动地翻天，雷轰鼎沸，呼叫不闻。更定，鼓铙渐歇，丝管繁兴，杂以歌唱，皆"锦帆开，澄湖万顷"同场大曲，蹲踏[8]和锣丝竹肉声，不辨拍煞[9]。

1　土著流寓：世代居住在此地的人和在他乡居住的人。

2　崽子娈童：男孩和美少年。

3　游冶恶少：指浪荡子弟。

4　清客帮闲：指旧时在富贵人家陪着消遣玩乐的文人。

5　傒僮走空：未成年的奴仆和行骗之人。

6　十番铙钹：指十番锣鼓。

7　《渔阳掺挝》：鼓曲名。

8　蹲踏：议论纷纷。

9　拍煞：乐曲的中段与收尾部分，这里泛指节奏。

更深，人渐散去，士夫眷属皆下船水嬉，席席征歌，人人献技，南北杂之，管弦迭奏，听者方辨句字，藻鉴¹随之。二鼓人静，悉屏管弦，洞箫一缕，哀涩清绵，与肉²相引，尚存三四，迭更为之。三鼓，月孤气肃，人皆寂阒³，不杂蚊虻。一夫登场，高坐石上，不箫不拍，声出如丝，裂石穿云，串⁴度⁵抑扬，一字一刻。听者寻入针芥⁶，心血为枯，不敢击节，惟有点头。然此时雁比而坐者，犹存百十人焉。使非苏州，焉讨⁷识者⁸！

【翻译】

虎丘八月十五日，当地的人、客居苏州的人、士大夫及他们的家眷亲属、歌女乐伎、名妓戏婆、民间

---

1 藻鉴：品藻，鉴别。

2 肉：歌声。

3 寂阒（qù）：寂静。阒：静寂，没有一点儿声音。

4 串：表演。

5 度：按照曲谱表演。

6 针芥：这里指歌曲的细微之处。

7 焉讨：哪里找。

8 识者：通音乐的人，知音。

［明］仇英·清明上河图（局部）

的少妇美女、少男娈童，乃至浪子恶少、清客帮闲、奴仆骗子，无不聚集在这里。上自生公台、千人石、鹤涧、剑池、申文定祠，下至试剑石、第一道山门和第二道山门，人们都铺上了毡子，席地而坐，登上高处远望，有如雁落平沙，霞铺江上。

天黑月明时，鼓吹弹唱的地方有百十处，大吹大擂，十番锣鼓演奏起《渔阳掺挝》，翻天动地，如同雷轰鼎沸，呼叫声都听不到。晚上八九点钟的时候，鼓铙之声渐渐停歇，丝竹管乐的声音又吹奏响起，还夹杂着歌唱声，都唱着"锦帆开，澄湖万顷"同声合唱的大曲子，嘈杂的人声和锣鼓丝竹的声音混杂，分不清节拍节奏。

到了深夜，人群逐渐散去，士大夫和他们的家眷纷纷乘船戏水，每桌宴席都有歌唱声，人人争相献技，南北方的腔调混杂，管乐和弦乐轮番演奏，听的人刚刚分辨出字句，马上就开始品评鉴赏了。二更天时，人们安静下来，管弦乐声也都停了，只有一缕洞箫声，哀怨苦涩又清丽缠绵，与歌声相和，这样的音乐尚存三四处，轮流着演奏和演唱。

三更时分，月亮孤悬，空气肃寒，人声寂静，也没有蚊子和牛虻的声音。有一个人登场，高坐在石上，不吹箫也不打节拍，发出的声音刚开始细弱如丝，渐渐变得如裂石穿云一般，抑扬顿挫，字字如刻。听的人体会到其细微之处，仿佛心血为之枯竭，不敢击节喝彩，只好一个劲儿点头。此时如大雁行列般整齐坐着的，依然有一百几十个人，如果不是在苏州，哪里能找到这样的知音！

越俗扫墓

越俗扫墓，男女袨服[1]靓妆，画船箫鼓，如杭州人游湖，厚人薄鬼，率以为常。二十年前，中人之家尚用平水[2]屋帻[3]船，男女分两截坐，不坐船，不鼓吹。先辈谑之曰："以结上文两节之意[4]。"后渐华靡，虽监门[5]小户，男女必用两坐船，必巾，必鼓吹，必欢呼畅饮。

下午必就其路之所近，游庵堂寺院及士夫家花园。鼓吹近城，必吹《海东青》《独行千里》，锣鼓错杂。酒徒沾醉，必岸帻[6]嚣嚎，唱无字曲，或舟中攘臂，与侪列[7]厮打。自二月朔至夏至，填城溢国，日

1 袨（xuàn）服：盛服，艳服。

2 平水：绍兴城南有平水溪，溪边有集市。

3 屋帻：帐篷。

4 以结上文两节之意：出自朱熹《四书集注》中的注解，后常见于八股文，取谐音戏称为"上坟两截"的意思。

5 监门：守门的小吏，这里泛指低级官吏之家。

6 岸帻：扯起头巾，露出额头，这里指人醉酒后的狂放行为。

7 侪（chái）列：同行的人。

日如之。乙酉¹，方兵²划江而守，虽鱼鱶菱舠³，收拾略尽。坟垄数十里而遥，子孙数人挑鱼肉楮钱⁴，徒步往返之，妇女不得出城者三岁矣。萧索凄凉，亦物极必反之一。

【翻译】

越地的扫墓风俗，男人衣着华丽，女人妆容美艳，乘着画船吹箫打鼓，像杭州人游湖一样，看重人而轻视鬼魂，大概已习以为常了。二十年前，中等富裕的人家尚且用平水屋帻船，男女分开坐，不坐座位舒适的船也不鼓吹奏乐。先辈戏谑地说："这是以结上文两节的意思。"后来逐渐华贵奢侈，即使是小门小户，男女也一定要乘坐两个座位的船，一定要戴头巾，一定要鼓吹奏乐，一定要欢呼畅饮。

下午一定要沿路到附近游玩，去庵堂寺院以及士

1　乙酉：清顺治二年。

2　方兵：方国安部下士兵。

3　鱼鱶（chā）菱舠（dāo）：渔船和采菱的小船。鱶：小船。舠：形如刀的小船。

4　楮（chǔ）钱：旧俗祭祀时焚化的纸钱。

大夫家的花园，乐队靠近城池的时候，还一定要吹奏《海东青》和《独行千里》，锣鼓声交错混杂。酒鬼喝醉的时候，必定会拉扯起头巾，露出额头号叫，唱着没有词的曲子，有的则在船上捋起衣袖，露出胳膊，和同伴厮打起来。从冬二月到夏至，城中热闹的景象到处都有，天天如此。

乙酉年，方国安部下的士兵划江而守，即使是小渔船和菱角那样大的小船，也都被没收殆尽。即使是几十里远的坟墓，子孙几人也只能挑着鱼肉纸钱，徒步往返，妇女不能出城已经三年了。如今这般萧索凄凉，也是物极必反的现象之一。

［明］仇英·清明上河图（局部）

扬州清明

　　扬州清明，城中男女毕出，家家展墓[1]。虽家有数墓，日必展之。故轻车骏马，箫鼓画船，转折再三，不辞往复。监门小户亦携看核纸钱，走至墓所，祭毕，则席地饮胙[2]。自钞关、南门、古渡桥、天宁寺、平山堂一带，靓妆藻野，袨服缛川[3]。随有货郎，路旁摆设骨董古玩并小儿器具。博徒[4]持小杌[5]坐空地，左右铺袒衫[6]半臂，纱裙汗帨[7]，铜炉锡注[8]，瓷瓯漆奁[9]，

1　展墓：扫墓祭祀。

2　胙（zuò）：祭祀用的肉。

3　靓妆藻野，袨服缛川：靓丽的妆容装饰了郊野，华美的服饰装点了山川。这两句是直接引用，见南朝宋颜延之《三月三日曲水诗序》："靓庄藻野，袨服缛川。"

4　博徒：博彩的人。

5　小杌：小凳子。

6　袒（rì）衫：贴身的衣衫。

7　汗帨（shuì）：古代妇女拭汗的佩巾。

8　注：像碗一样的酒具。

9　瓷瓯（ōu）漆奁（lián）：瓷盆和漆盒。

及肩臑[1]鲜鱼、秋梨福橘之属，呼朋引类，以钱掷地，谓之"跌成"；或六或八或十，谓之"六成""八成""十成"焉。百十其处，人环观之。

是日，四方流寓及徽商西贾、曲中名妓，一切好事之徒，无不咸集。长塘丰草，走马放鹰；高阜平冈，斗鸡蹴踘；茂林清樾，劈阮[2]弹筝。浪子相扑，童稚纸鸢，老僧因果，瞽者[3]说书，立者林林，蹲者蛰蛰[4]。日暮霞生，车马纷沓。宦门淑秀，车幕尽开，婢媵倦归，山花斜插，臻臻簇簇[5]，夺门而入。

余所见者，惟西湖春、秦淮夏、虎丘秋，差足比拟。然彼皆团簇一块，如画家横披[6]；此独鱼贯雁比，舒长且三十里焉，则画家之手卷矣。南宋张择端作《清明上河图》，追摹汴京景物，有西方美人之思[7]，而

---

1 肩臑：猪肘子。

2 阮：一种弦乐器，形状略像月琴，柄长而直，四弦有柱，相传是晋代阮咸所制，因而得名。

3 瞽（gǔ）者：失明的人。

4 蛰蛰：众多的样子。与前文的"林林"同义。

5 臻臻簇簇：聚集簇拥的样子。

6 横披：长条形的横幅字画。

7 西方美人之思：化用了《诗经·简兮》中的语句："山有榛，隰有苓。云谁之思？西方美人。彼美人兮，西方之人兮。"这里指对故国的思念。

余目盱盱[1]，能无梦想！

【翻译】

扬州清明节这一天，城中的男女都会出去，家家都要扫墓祭祀，即使家里有好几座墓，也要在这一天祭祀完，因此轻盈的马车和箫鼓之乐萦绕的画船来来往往，辗转行驶。小门小户也带着菜肴果品纸钱，走到墓前祭拜，祭拜完毕后，便席地而坐，吃掉祭祀用的酒肉。

从钞关、南门、古渡桥、天宁寺，再到平山堂一带，靓丽的妆容装饰了郊野，华美的服饰装点了山川。路上不时有卖货郎，在路旁摆设古董古玩和小孩子用的器具。博彩的人则拿着小凳子坐在空地上，左右两侧摆着内衣、半袖衣、纱裙、佩巾、铜炉、锡酒杯、瓷瓶、漆盒，以及猪肘子、鲜鱼、秋梨、福橘这些东西，他们呼朋引伴，把钱扔在地上，称之为"跌成"。有人扔六钱、八钱或十钱，就叫作"六成""八成""十成"。这样的地方有百十处，人们都在一旁

1　盱盱（xū）：张目直视，瞪大眼睛的样子。

围观。

这天，四方客居的外乡人以及徽州和山西的商人、青楼名妓，所有好事之徒，无不聚集在这里。（他们）在长长的池塘丰茂的草地上走马放鹰，在高山平地上斗鸡蹴鞠，在茂盛的树林和林荫下弹奏阮和筝，浪子们比武相扑，孩子们放风筝，老和尚念佛法，盲人说书，人们站的站、坐的坐，真是热闹非凡。天色渐晚落霞初现的时候，车马纷至沓来，官宦女眷们在车上卷帘眺望，侍女丫鬟们疲倦地回去，头上斜插着山花，车马聚集簇拥，争先恐后地进入城门。

我在这天所看见的景色，只有西湖的春日、秦淮的夏日、虎丘的秋日差不多能比得上。然而那些地方都是聚集在一起的，有如画家的横披；唯独扬州清明是鱼群雁阵般地排列，舒展延长有三十里，则是画家的手卷了。南宋张择端画《清明上河图》，追忆、描摹了汴京的景物，充满了思念故国之情，而我睁着眼睛观赏，能没有这样的想法吗？

［明］仇英·清明上河图（局部）

闰中秋

崇祯七年闰中秋，仿虎丘故事，会各友于蕺山亭。每友携斗酒、五簋[1]、十蔬果、红毡一床，席地鳞次坐。缘山七十余床，衰童塌妓[2]，无席无之。在席七百余人，能歌者百余人，同声唱"澄湖万顷"，声如潮涌，山为雷动。诸酒徒轰饮，酒行如泉。

夜深客饥，借戒珠寺斋僧大锅煮饭饭客，长年以大桶担饭不继。命小傒岕竹、楚烟于山亭演剧十余出，妙入情理，拥观者千人，无蚊虻声，四鼓方散。月光泼地如水，人在月中，濯濯如新出浴。夜半，白云冉冉起脚下，前山俱失，香炉、鹅鼻、天柱诸峰，仅露髻尖[3]而已，米家山雪景[4]仿佛见之。

1　五簋（guǐ）：古代盛食物的器具，圆口，两耳。

2　衰童塌妓：长相不好看的童子和妓女。这里有调侃的意味。

3　髻尖：像髻那样的山尖。

4　米家山雪景：北宋米芾以水墨点染山石，好似云烟笼罩，林木掩映，风格脱俗。他的儿子米友仁继承父亲的优点并在技法上青出于蓝，自成一格，于是后世称他们父子所画的山水为"米家山"。

【翻译】

崇祯七年闰八月中秋节，我效仿虎丘的旧俗，与朋友们在蕺山亭相会，每个朋友都带了一斗酒、五簋食物、十种蔬菜瓜果、一床红毡，依次席地而坐。沿着山边摆放了七十多床毡子，那些娈童妓女，没有哪个上面是没有他们的。在场的有七百多人，能唱歌的有一百多人，大家一起唱"澄湖万顷"的时候，声音有如潮水翻涌，山上好似雷声轰动，酒徒们在一起疯狂饮酒，酒洒在地上如泉水般流动。

深夜客人饥饿的时候，就借戒珠寺斋僧的大锅，煮饭来招待客人，长工用大桶担饭，都供应不过来。我命小仆人岕竹、楚烟在蕺山亭演了十多出戏剧，戏剧情节巧妙且入情入理，围着观看的有千人，但静得连蚊虫的声音都没有，四更后人群方才散去。月光如水般泼洒在地面上，人在月光下，明净得像刚出浴一样。半夜时分，白云在脚下冉冉升起，前面的山都看不到了，香炉、鹅鼻、天柱这些山峰，仅仅露出像髻角那样的山尖而已，犹如看见了米芾父子笔下的雪景图。

〔北宋〕米芾・云山烟树图（局部）

金山竞渡

　　看西湖竞渡十二三次，己巳[1] 竞渡于秦淮，辛未[2] 竞渡于无锡，壬午[3] 竞渡于瓜州，于金山寺。西湖竞渡，以看竞渡之人胜，无锡亦如之。秦淮有灯船无龙船，龙船无瓜州比，而看龙船亦无金山寺比。瓜州龙船一二十只，刻画龙头尾，取其怒；傍坐二十人持大楫，取其悍；中用彩篷，前后旌幢[4] 绣伞，取其绚；撞钲[5] 挝鼓[6]，取其节；艄后列军器一架，取其锷[7]；龙头上一人足倒竖，敁敠[8] 其上，取其危；龙尾挂一小儿，取其险。自五月初一至十五，日日画地而出。五

1　己巳：崇祯二年，公元 1629 年。

2　辛未：崇祯四年，公元 1631 年。

3　壬午：崇祯十五年，公元 1642 年。

4　幢（chuáng）：古称旗子一类的东西。

5　钲：古代打击乐器，青铜制，形似倒置铜钟，有长柄，用于行军。

6　挝：击，打。

7　锷（è）：刀剑的刃，这里是锋利的意思。

8　敁敠（diān duō）：掂掇。原指用手估量物体的轻重，这里形容人倒立时手不断地动，以掌握平衡。

日出金山，镇江亦出。惊湍跳沫，群龙格斗，偶堕洄涡，则百蛣捷捽[1]，蟠委[2]出之[3]。金山上人团簇，隔江望之，蚁附蜂屯[4]，蠢蠢欲动。晚则万艓[5]齐开，两岸沓沓然而沸。

【翻译】

西湖的划龙舟比赛我已看过十二三次，己巳年在秦淮看过，辛未年在无锡看过，壬午年在瓜州和金山寺看过。西湖的龙舟竞渡，最好看的是竞渡的人，无锡也是一样。秦淮有灯船没有龙船，龙船没有哪个地方能比得上瓜州，而看龙船比赛却没有哪个地方能比得过金山寺。瓜州的龙船有一二十只，船上刻画有龙头龙尾，体现其怒气；船上坐着二十个人拿着大楫，

1　则百蛣（jié）捷捽（zuó）：该句是比喻句，意思是龙船不慎卷入旋涡，船上的人迅速牢牢地抓住岩石，像寄生在上面的蛣一样。蛣，疑似"蝤"字之误，也叫龟足，节肢动物，身体外形像龟的脚，生活在海边的岩石缝里。捷捽：迅速抓住。

2　蟠委：环绕。

3　出之：从旋涡中出去。

4　蚁附蜂屯：像蚂蚁、蜂类一样聚集，形容人多。

5　艓（dié）：小船。

体现其剽悍；中间用彩篷，前后都张挂着旌旗绣伞，体现其绚丽；人们敲锣打鼓，节奏很鲜明；船尾后面的架子上摆列着军器，体现其锋利；龙头上有一个人表演倒足竖立，体现其危；龙尾上挂着一个小孩子，体现其险。

从五月初一到十五，每天都安排在不同的地方进行比赛。五月初五那天，龙舟从金山寺出发，也有从镇江出发的。一时间惊涛骇浪，水沫横飞，有如群龙格斗，偶然有龙舟不慎堕入旋涡中，船上的人便迅速牢牢地抓住岩石，像寄生在上面的蝴一样，从旋涡中环绕着出去。金山上看船的人聚集在一起，隔江望去，就像蚁巢蜂群，如虫子般蠕动。天黑时万只小船一齐开动，两岸人声如开水般沸腾。

［明］仇英·清明上河图（局部）

龙山放灯（节选）

万历辛丑年[1]，父叔辈张灯龙山，剡[2]木为架者百，涂以丹雘[3]，帨以文锦，一灯三之。灯不专在架，亦不专在磴道[4]，沿山袭谷，枝头树杪[5]无不灯者，自城隍庙门至蓬莱岗上下，亦无不灯者。山下望如星河倒注，浴浴[6]熊熊[7]，又如隋炀帝夜游，倾数斛萤火于山谷间，团结方开，倚草附木，迷迷不去者。好事者卖酒，缘山席地坐。山无不灯，灯无不席，席无不人，人无不歌唱鼓吹。

男女看灯者，一入庙门，头不得顾，踵不得旋，只可随势潮上潮下，不知去落何所，有听之而已。庙门悬禁条：禁车马，禁烟火，禁喧哗，禁豪家奴不得

---

1 万历辛丑年：万历二十九年，公元1601年。

2 剡（yǎn）：削。

3 丹雘（huò）：可供涂饰的红色颜料。

4 磴（dèng）道：登山的石径。

5 树杪（miǎo）：树梢。

6 浴浴：形容一盏灯上上下下、忽高忽低的样子。

7 熊熊：灯火旺盛的样子。

行辟人。父叔辈台于大松树下，亦席，亦声歌，每夜鼓吹笙簧与宴歌弦管，沉沉¹昧旦²。

十六夜，张分守宴织造太监于山巅星宿阁，傍晚至山下，见禁条，太监忙出舆笑曰："遵他，遵他，自咱们遵他起！"却随役，用二丱角³扶掖上山。夜半，星宿阁火罢，宴亦遂罢。灯凡四夜，山上下糟丘肉林，日扫果核蔗滓及鱼肉骨蠡⁴蜕⁵，堆砌成高阜，拾妇女鞋挂树上，如秋叶。

相传十五夜，灯残人静，当炉者正收盘核，有美妇六七人买酒，酒尽，有未开瓮者。买大罍⁶一，可四斗许，出袖中蔗果，顷刻罄罍而去。疑是女人星，或曰酒星。

【翻译】
万历二十九年，父叔辈在龙山放灯，削木头做了

---

1 沉沉：深沉，常用来形容夜晚。

2 昧旦：破晓，天将明未明时。

3 丱（guàn）角：古时儿童梳的上翘的两只角辫，这里代指童仆。

4 蠡（lí）：贝壳。

5 蜕：动物的皮壳。

6 罍（léi）：古代一种酒器，多用青铜或陶制成。口小，腹深，有圈足和盖儿。

一百个灯架，涂上红色颜料，再包上色彩斑斓的织锦。每盏灯的完成，都要经过这三个步骤。灯不仅挂在架子上，也不只挂在登山的石径上，而是沿路的山谷、枝头树梢都有挂灯，从城隍庙门到蓬莱岗上下，也到处挂满了灯。从山下望去，有如星河倾倒，灯火旺盛，忽高忽低，又像是隋炀帝夜游时，在山谷间倾倒了几斛萤火虫，萤火虫聚拢后又分开，依附在草木上，迟迟不愿离去。

有好事者还卖起了酒，人们便沿着山坡席地而坐，山上是灯，灯下有席，席上有人，人们无不歌唱鼓吹奏乐。看灯的男男女女，一进入庙门，便头也不能回，脚也不能随便动，只能随着人潮行走，忽上忽下，也不知道会落在什么地方，只能随人流听之任之。庙门上悬挂着禁条："禁车马，禁烟火，禁喧哗，禁豪门家奴驱逐行人。"父叔辈在大松树下搭建台子，铺上席子，又唱起歌来，每晚都奏着笙簧和宴会歌舞时用的管弦乐器，不知不觉便玩得通宵达旦。

正月十六日晚上，张分守在山顶的星宿阁宴请织造太监，傍晚到了山下，看见禁条时，太监急忙从马车上出来笑道："遵他，遵他，咱们遵他就是！"当即便命令随从们退下，只让两个童仆搀扶着上山。到了半夜，星宿阁灭了灯，宴席也提前结束。

　　灯会总共举办了四晚，山上山下都成了酒糟肉林，白天扫的果核蔗滓以及鱼肉骨头螺壳皮壳，都堆成了高山，捡起妇女的鞋挂在树上，如秋叶一样多。相传在正月十五日晚上，灯残人静时，酒老板正在收拾盘中的残肴果核，有六七个美妇人来买酒，酒喝完了，看到还没有开封的酒瓮，便买了一大坛酒，大概有四斗多，她们拿出袖中的瓜果后，顷刻间便将那酒喝光，转身离去了。酒老板怀疑她们是女人星，有的人说是酒星。

［清］佚名·平阳传灯寺图

○

卷五

有趣的人

［明］陈洪绶·抚琴图（局部）

柳敬亭说书

南京柳麻子，黧黑[1]，满面疤盘，悠悠忽忽[2]，土木形骸，善说书。一日说书一回，定价一两。十日前先送书帕下定，常不得空。南京一时有两行情人[3]：王月生、柳麻子是也。

余听其说《景阳冈武松打虎》白文，与本传大异。其描写刻画，微入毫发，然又找截干净，并不唠叨。勃夬[4]声如巨钟，说至筋节[5]处，叱咤叫喊，汹汹崩屋。武松到店沽酒，店内无人，謈[6]地一吼，店中空缸空甓皆瓮瓮有声。闲中着色，细微至此。

主人必屏息静坐，倾耳听之，彼方掉舌[7]。稍见下

1　黧（lí）黑：脸色黑。

2　悠悠忽忽：悠闲懒散，行为随便，放荡不羁的样子。语出《世说新语·容止》："刘伶身长六尺，貌甚丑悴，而悠悠忽忽，土木形骸。"

3　行情人：指身价高、走红的人。

4　勃夬（guài）：形容声音刚脆。

5　筋节：指紧要，扣人心弦的地方。

6　謈（pó）：大喊。

7　掉舌：指言辞游说。

人咕哔[1]耳语，听者欠伸有倦色，辄不言，故不得强。每至丙夜，拭桌剪灯，素瓷静递，款款言之，其疾徐轻重，吞吐抑扬，入情入理，入筋入骨，摘世上说书之耳而使之谛听，不怕其不龇舌[2]死也。柳麻子貌奇丑，然其口角波俏，眼目流利，衣服恬静，直与王月生同其婉娈[3]，故其行情正等。

【翻译】

南京有个柳麻子，脸黑黑的，满脸疤痕，平日里悠闲懒散，外形有如土和木一样，不修边幅，善于说书。他一天说一回书，定价是一两银子。若想要他说书，还得提前十天送上请帖和定金来约时间，即使这样他也常常没空。南京当时有两个身价高的红人，那就是王月生和柳麻子了。

我听过柳麻子讲《景阳冈武松打虎》的说白，与小说文本大不相同，他对人物场景的描写刻画，细致入微又直截了当，干净利落，并不唠叨，声音刚脆得

1　咕哔（tiè bì）：犹佔毕。后泛称诵读，这里指低声说话。

2　龇（zé）舌：咬住舌头，不说话或不敢说话，表示羞愧。

3　婉娈（luán）：年少貌美。

像巨钟一样，说到紧要处时，还会呼喝叫喊，像要把屋子震塌一样。当他说到武松去店里买酒，店内空无一人时，会大声一吼，店里的空缸空砖都发出"瓮瓮"的声音。对于情节的润色，居然细微到了这种地步。

主人一定要摒住呼吸安静坐着，侧着耳朵仔细倾听，他才开始说书，只要看见下面的人稍微低声耳语，或者是听的人打哈欠、伸懒腰，脸上露出疲倦的神色，他就不说了，因此不能勉强他。每次到了半夜三更，他便擦拭桌子剪亮灯芯，用白瓷杯静静地喝茶，缓缓开口道来，说话的快慢轻重，吞吐抑扬，都十分合情合理，深入人物和场景的精髓之处，如果把世上说书人的耳朵都摘下来去听柳麻子说书，只怕他们都要羞愧得咬舌自尽了。

柳麻子相貌奇丑，然而口齿伶俐，目光流转犀利，衣服恬静淡雅，和王月生的年少貌美一样难得，所以他们的名声、身价相当。

［明］陈洪绶·饮酒读书图轴（局部）

范与兰

　　范与兰七十有三，好琴，喜种兰及盆池小景。建
兰三十余缸，大如簸箕。早舁[1]而入，夜舁而出者，
夏也；早舁而出，夜舁而入者，冬也；长年辛苦，不
减农事。花时，香出里外，客至坐一时，香袭衣裾，
三五日不散。余至花期至其家，坐卧不去，香气酷
烈，逆鼻[2]不敢嗅，第[3]开口吞欱之，如沆瀣[4]焉。

　　花谢，粪[5]之满箕，余不忍弃，与与兰谋曰："有
面可煎，有蜜可浸，有火可焙，奈何不食之也？"与
兰首肯余言。与兰少年学琴于王明泉，能弹《汉宫
秋》《山居吟》《水龙吟》三曲。

　　后见王本吾琴，大称善，尽弃所学而学焉，半年

1　舁（yú）：共同用手抬。

2　逆鼻：入鼻，出自《酉阳杂俎·卷二》："卢生到复州，又尝与数人
　　闲行，途遇六七人，盛服具带，酒气逆鼻。"

3　第：只是。

4　沆瀣（xiè）：夜间浮动的水汽。

5　粪：扫除。

学《石上流泉》一曲，生涩犹棘手。王本吾去，旋亦忘之，旧所学又锐意去之，不复能记忆，究竟终无一字，终日抚琴，但和弦而已。所畜小景，有豆板黄杨，枝干苍古奇妙，盆石称之。朱樵峰以二十金售之，不肯易，与兰珍爱，"小妾"呼之。余强借斋头三月，枯其垂一干，余懊惜，急舁归与兰。与兰惊惶无措，煮参汁浇灌，日夜摩之不置，一月后枯干复活。

【翻译】

范与兰七十三岁，喜欢弹琴、种兰花以及做小盆景。他家种了三十缸建兰，大得像簸箕。夏天时，他早上把兰花抬进来，晚上再抬出去；冬天时，他早上把兰花抬出去，夜晚把兰花抬进来，长年如此辛苦，不亚于干农活。兰花开的时候，香气飘散很远，客人到这里坐了会儿，衣衫上就沾染了兰花香，三五日也不会消散。

我于开花时节到他家，坐着躺着不愿离去，因为香气太浓烈，迎着鼻子也不敢嗅，只能张口吞吸，就像喝夜间浮动的水汽一样。花凋谢的时候，扫起来的花瓣有满满一簸箕，我不忍心丢弃，便和范与兰商量说："可以煎面，可以浸蜜，可以用火烤，为什么不吃了它呢？"他同意了我的话。

范与兰年少时跟着王明泉学琴，能弹《汉宫秋》《山居吟》《水龙吟》这三首曲子，后来又看见王本吾弹琴，大为称赞，便将之前所学全部放弃来重新学琴，半年学得《石上流泉》这一首曲子，但手法依旧生涩。王本吾走后，他马上又忘了，加上以前所学被刻意丢弃，不再能记起，最后一首曲子也弹奏不出来，每天抚琴，也只是弹一些和弦而已。

他所做的小盆景，有一种豆板黄杨，枝干苍古奇妙，搭配的盆和石头都恰到好处，朱樵峰出二十金买，他也不肯卖。范与兰对这盆景很是珍爱，用"小妾"来称呼它。我强行借来，放在书斋三个月，有根枝干枯萎下垂了，这让我感到既懊悔又可惜，急忙还给与兰。范与兰惊慌失措，连忙煮参汁进行浇灌，日夜抚摸不停，一个月后枯枝居然复活了。

［明］孙克弘·盆兰轴图（局部）

祁止祥癖

　　人无癖不可与交，以其无深情也；人无疵不可与交，以其无真气也。余友祁止祥有书画癖，有蹴鞠癖，有鼓钹癖，有鬼戏癖，有梨园癖。壬午[1]，至南都，止祥出阿宝示余，余谓："此西方迦陵鸟[2]，何处得来？"阿宝妖冶如蕊女[3]，而娇痴无赖，故作涩勒，不肯着人。如食橄榄，咽涩无味，而韵在回甘；如吃烟酒，鲠饐[4]无奈，而软同沾醉。初如可厌，而过即思之。

　　止祥精音律，咬钉嚼铁，一字百磨，口口亲授，阿宝辈皆能曲通主意。乙酉[5]，南都失守，止祥奔归，遇土贼，刀剑加颈，性命可倾，至宝是宝。丙戌[6]，以

1　壬午：崇祯十五年，公元 1642 年。
2　迦陵鸟：即迦陵频伽鸟，意为好声鸟、美音鸟或妙声鸟，佛典以其叫声比喻诸佛、菩萨的妙音。
3　蕊女：蕊宫之女，仙女。
4　鲠饐（yē）：哽噎。
5　乙酉：顺治二年，公元 1645 年。
6　丙戌：顺治三年，公元 1646 年。

监军驻台州，乱民卤掠[1]，止祥囊箧都尽，阿宝沿途唱曲，以膳[2]主人。及归，刚半月，又挟之远去。止祥去妻子如脱屣耳，独以娈童娈子为性命，其癖如此。

【翻译】

人没有癖好是不能与之交往的，因为没有深情；人没有瑕疵也不能与之交往，因为没有真气。我的朋友祁止祥有书画癖、蹴鞠癖，喜欢击打鼓钹，爱看鬼戏，爱去戏班。崇祯十五年时，我到了南京，止祥把阿宝叫出来让我看，我说："这像西方迦陵鸟一样的人，你是从哪个地方得来的？"

阿宝美丽得像蕊宫仙女一样，但又娇憨活泼，故作矜持，不愿与人亲近，给人的感觉就像吃橄榄，咽下去的时候生涩无味，但韵味在于回甘；又像是吸烟饮酒，起初哽噎无比，又让人软得像喝醉了一样，初时会觉得讨厌，但过后又常常思念。止祥精通音律，如咬钉嚼铁一样，一个字要磨合上百次，口口亲授，

---

1 卤掠：掳掠。卤：通"虏"。

2 膳：饭食，这里用做动词，供……吃喝。

阿宝等人也都能明白主人的意思。

　　顺治二年，南京失守，止祥在逃难时遇到劫匪，刀剑都架在了脖子上，随时会丢了性命，在这种时候，他也把阿宝当成珍宝。顺治三年，他去台州做监军，遭遇乱民抢掠，装财物的袋子和箱子都被抢光了，阿宝沿途卖唱来供他吃喝。等他们回来时，才过了半月，祁止祥又带着阿宝走了。祁止祥离开妻子儿女就像脱鞋一样，唯独将美丽童子当作性命，他的癖好就是这样。

红叶题诗情付御沟当时可惜向西流
无端束下人间去却使君王不信缘

唐寅

〔明〕唐寅·红叶题诗仕女图

刘晖吉女戏

女戏以妖冶恕[1]，以嘽缓[2]恕，以态度[3]恕，故女戏者全乎其为恕也。若刘晖吉则异是。刘晖吉奇情幻想，欲补从来梨园之缺陷。如《唐明皇游月宫》，叶法善作，场上一时黑魆[4]地暗，手起剑落，霹雳一声，黑幔忽收，露出一月，其圆如规，四下以羊角染五色云气，中坐常仪，桂树吴刚，白兔捣药。轻纱幔之，内燃"赛月明"数株，光焰青黎，色如初曙，撒布成梁，遂蹑月窟，境界神奇，忘其为戏也。

其他如舞灯，十数人手携一灯，忽隐忽现，怪幻百出，匪夷所思，令唐明皇见之，亦必目睁口开，谓氍毹[5]场中那得如许光怪耶！

1　恕：推己及物，忖我以度人。这里说演员对角色的揣摩与表现。

2　嘽（chǎn）缓：柔和舒缓。

3　态度：气势，姿态。

4　魆（xū）：用于"黑魆魆"（形容黑）。

5　氍毹（qú shū）：毛织的地毯。古代演戏地上多铺地毯，所以又用"氍毹"代指舞台。

彭天锡向余道:"女戏至刘晖吉,何必男子!何必彭大!"天锡曲中南、董[1],绝少许可,而独心折晖吉家姬,其所赏鉴,定不草草。

【翻译】

女戏素来以妖冶、舒缓、轻盈见长,因此女戏全是这样的风格,但刘晖吉不一样。刘晖吉奇思妙想,想要弥补女戏一直以来的缺陷,比如要演《唐明皇游月宫》,叶法善上台表演时,一时间黑暗无比,只见他手起剑落,发出霹雳一声响,黑色的幔被忽然收起,露出一个月亮,圆得像工具画好的一样,四周挂上染着五色云气的羊角灯,嫦娥坐在月中,吴刚伐桂,白兔捣药。轻纱幔内,燃放着几株"赛月明"烟花树,光焰呈青黑色,犹如刚刚破晓时的阳光。撒上布形成桥梁,于是唐明皇踏入月宫中,其境界的神奇,都让人忘记这是戏剧了。

其他的像舞灯,就是十几个人手上拿着一盏灯,

1　南、董:春秋时的齐国史官南史、晋国史官董狐,二人皆以秉笔直书而著称。

忽隐忽现，怪幻百出，实在是匪夷所思，如果唐明皇见了，也一定会目瞪口呆，说舞台上怎会有如此光怪陆离的场景呢？

彭天锡对我说："女戏到了刘晖吉这里，何必看男子，何必看彭天锡呢！"彭天锡能客观公正地评价，就像春秋时的史官南史、董狐那样正直，他很少称赞别人，唯独对刘晖吉家的女戏心悦诚服，可见他的鉴赏品评一定不是草率的。

［明］仇英·汉宫春晓图（局部）

彭天锡串戏

　　彭天锡串戏[1]妙天下，然出出皆有传头[2]，未尝一字
杜撰。曾以一出戏，延其人至家，费数十金者，家业
十万缘手而尽。三春多在西湖，曾五至绍兴，到余家
串戏五六十场，而穷其技不尽。天锡多扮丑净，千古
之奸雄佞幸，经天锡之心肝而愈狠，借天锡之面目而
愈刁，出天锡之口角而愈险。设身处地，恐纣之恶不
如是之甚也。皱眉眡[3]眼，实实腹中有剑，笑里有刀，
鬼气杀机，阴森可畏。

　　盖天锡一肚皮书史，一肚皮山川，一肚皮机械[4]，
一肚皮礌硪[5]不平之气，无地发泄，特于是发泄之耳。
余尝见一出好戏，恨不得法锦[6]包裹，传之不朽；尝

1　串戏：指非职业演员扮演戏曲角色。

2　传头：来历，根据。

3　眡：同"视"。

4　机械：机巧。

5　礌硪（luǒ）：众石聚在一起，此处指郁结在心中的不平之气。
　　礌：同"磊"。

6　法锦：西南少数民族地区产的一种丝织品。

比之天上一夜好月，与得火候一杯好茶，只供一刻受用，其实珍惜之不尽也。桓子野[1]见山水佳处，辄呼"奈何！奈何！"真有无可奈何者，口说不出。

【翻译】

　　彭天锡的串戏妙绝天下，然而每出戏剧都有来历，未尝有一个字是杜撰的。他曾经因为一出戏，将人请到家里，就花费了几十金，十万家业就这样随手散尽。他春季时大多在西湖，曾经五次到绍兴，到我家演了五六十场串戏，但感觉技艺还没有用完。彭天锡大多扮演丑角和净角。千古奸雄和佞幸小人，经过彭天锡的演绎后显得心肝越狠，借助其面目显得更加刁恶，出自其口中显得更加险恶，设身处地，恐怕纣王的凶恶都达不到这种程度。

　　他一皱眉，一瞪眼，就表现得腹中带剑，笑里藏刀，充满了鬼气和杀机，阴森得令人害怕。大概彭天锡有一肚子书史，一肚子山川，一肚子机巧，一肚子

1　桓子野：桓伊，字叔夏，小字子野，东晋军事家，喜欢音乐，善笛。《世说新语》有记载："桓子野每闻清歌，辄唤奈何。谢公闻之曰：'子野可谓一往有深情。'"

愤愤不平之气，无处发泄，只好在这里发泄出来。我曾经见过一出好戏，恨不得用法锦包裹起来，让其传之不朽，曾将其比作天上的一夜好月，和人间恰到火候的一杯好茶，只能受用一时，其实珍惜是没有穷尽的。桓子野见到山水美景，便说："奈何！奈何！"真是有无可奈何的感觉，难以言传。

［明］仇英·清明上河图（局部）

范长白

范长白园在天平山下，万石都[1]焉。龙性难驯，石皆笏起，旁为范文正公[2]墓。园外有长堤，桃柳曲桥，蟠屈湖面，桥尽抵园，园门故作低小，进门则长廊复壁，直达山麓。其绘楼幔阁、秘室曲房，故故匿之，不使人见也。

山之左为桃源，峭壁回湍，桃花片片流出。右孤山，种梅千树。渡涧为小兰亭，茂林修竹，曲水流觞[3]，件件有之。竹大如椽[4]，明静娟洁，打磨滑泽如扇骨，是则兰亭所无也。地必古迹，名必古人，此是主人学问。但桃则溪之，梅则屿之，竹则林之，尽可自名其家，不必寄人篱下也。

1　都：聚拢，聚集。
2　范文正公：即范仲淹，北宋初年政治家、文学家。
3　曲水流觞：一种传统习俗，一般在夏历的三月上巳日举行。人们坐在河渠两旁，在上流放置酒杯，酒杯顺流而下，停在谁的面前，谁就取杯饮酒，意为除去灾祸和不吉。
4　椽（chuán）：椽子，承托屋面用的木构件，圆的叫椽。

余至，主人出见。主人与大父同籍，以奇丑著。是日释褐[1]，大父嬲[2]之曰："丑不冠带，范年兄亦冠带了也。"人传以笑。余亟欲一见。及出，状貌果奇，似羊肚石雕一小猱[3]，其鼻垩颧颐犹残缺失次也。冠履精洁，若谐谑谈笑，面目中不应有此。

开山堂小饮，绮疏藻幕，备极华褥，秘阁清讴[4]，丝竹摇飏[5]，忽出层垣，知为女乐。饮罢，又移席小兰亭，比晚辞去。主人曰："宽坐，请看'少焉'。"余不解，主人曰："吾乡有缙绅先生，喜调文袋，以《赤壁赋》有'少焉月出于东山之上'句，遂字月为'少焉'。顷言'少焉'者，月也。"

固留看月，晚景果妙。主人曰："四方客来，都不及见小园雪，山石谽谺[6]，银涛蹴起，掀翻五泄[7]，捣

1　释褐：脱去平民衣服，比喻始任官职。

2　嬲（niǎo）：戏弄。

3　猱（náo）：古书上说的一种猴。

4　清讴（ōu）：清亮的歌声。

5　摇飏（yáng）：飞扬，飘扬。

6　谽谺（hān xiā）：幽深空旷。

7　五泄：山名，在今浙江诸暨市，因有瀑布而得名。当地人称瀑布为"泄"，一水折为五级，故称"五泄"。

碎龙湫[1]，世上伟观，惜不令宗子见也。"步月而出，至玄墓[2]，宿葆生叔书画舫中。

【翻译】

范长白的园子在天平山下，各种石头都聚集在这里。天平山形态如龙，龙性难驯，石头都像笏板那样立起，园子旁边是范仲淹的墓。园外有长堤，堤上桃柳交错，小桥弯弯，在湖面盘旋曲折。桥的尽头就是园子，园门故意做得很矮小，进入门后就是长廊重壁，直达天平山山麓，里面雕梁画栋的楼台、挂上帘幔的亭阁、秘室以及内室，都被故意隐藏起来，不让人看到。

山的左边是桃源，峭壁下泉水湍急，流出片片桃花。山的右边是孤山，那里种了上千棵梅树。过了山涧之后是小兰亭，无论是茂林修竹，还是曲水流觞，这里样样都有。竹子大得像椽，明静娟洁，打磨滑泽后有如扇骨，这是兰亭所没有的。园内景致定要效仿

1　龙湫：瀑布名，在今浙江雁荡山。

2　玄墓：山名，在今江苏省苏州市光福镇。

古迹，取名也定要出自古人，这正是主人学问的体现，但是这样溪边种桃树，山上植梅花，种竹成林，尽可以自己取名，不必非要模仿古人。

我到了这里后，园子的主人出来见我。园主和我的祖父同年考中进士，以长相奇丑著称。他刚刚做官的那一天，祖父便戏弄他说："丑人不能做官，但范兄还是做官了。"这句话被人们传为笑谈。我很想见他一见。

等到他出来的时候，相貌果然奇丑，就像是羊肚石里雕刻的一个小猴子，鼻梁、颧骨、脸颊好像残缺无序的样子，但是他穿衣打扮精致整洁，脸上露出戏谑谈笑的模样，他的面目不应该有这样的表情。

我们在开山堂小饮，那里窗户疏落有致，帘幕色彩明艳，华丽至极。秘阁里传来清亮的歌声和悠扬的丝竹声，直到声音忽然穿过层层墙壁，才知道是主人家的女乐。饮完酒后，我们又将酒席转到小兰亭。

等到晚上告辞离去时，主人说："再坐一会儿，请你看'少焉'。"我不太明白，主人解释道："我们乡里有个做官的人，喜欢卖弄学问，因为《赤壁赋》中有句'少焉月出于东山之上'，所以他将月亮取名为'少焉'。刚刚说的'少焉'，就是指月亮。"

他请我务必留下来赏月，晚上的风景果然很美。主人说："四方客人到我这里来，都没能看到小园雪，园内山石幽深空旷，在月色映照下，有如蹴起的浪涛，掀翻五泄，捣碎龙湫，世上有这样奇伟的景观，可惜没能让你看到。"我踏着月色走出，到了玄墓山，夜晚睡在了葆生叔的书画舫里。

〔明〕仇英・昼锦堂图

王月生

　　南京朱市[1]妓，曲中羞与为伍；王月生出朱市，曲中上下三十年决无其比也。面色如建兰初开，楚楚文弱，纤趾一牙，如出水红菱，矜贵寡言笑，女兄弟闲客多方狡狯嘲弄哈侮[2]，不能勾其一粲[3]。善楷书，画兰竹水仙，亦解吴歌，不易出口。南京勋戚大老[4]力致之，亦不能竟一席。富商权胥得其主席半晌，先一日送书帕[5]，非十金则五金，不敢亵订。与合卺，非下聘一二月前，则终岁不得也。

　　好茶，善闵老子，虽大风雨、大宴会，必至老子家啜茶数壶始去。所交有当意者，亦期与老子家会。一日，老子邻居有大贾，集曲中妓十数人，群谇[6]嬉

1　朱市：南京秦淮河一带的低等妓院。

2　哈（hāi）侮：讥笑戏弄。

3　一粲（càn）：指一笑。

4　勋戚大老：皇亲贵族。

5　书帕：书信和礼金。

6　谇（suì）：本义指斥责，这里指嬉笑打闹。

笑，环坐纵饮。月生立露台上，倚徙栏楯，眠婝[1]羞涩，群婢见之皆气夺，徙他室避之。

月生寒淡如孤梅冷月，含冰傲霜，不喜与俗子交接；或时对面同坐起，若无睹者。有公子狎之，同寝食者半月，不得其一言。一日口嗫嚅动，闲客惊喜，走报公子曰："月生开言矣！"哄然以为祥瑞，急走伺之，面頳[2]，寻又止，公子力请再三，蹇涩[3]出二字曰："家去。"

【翻译】

南京朱市的妓女，青楼中的人都羞于与她们为伍。王月生是从朱市出来的，但青楼中上下三十年都没人比得过她。她面容如同初开的建兰，楚楚文弱，纤纤细脚有如出水红菱，矜持高贵很少言笑，那些女兄弟和闲客开各种玩笑，嘲笑戏弄她，也不能得她一笑。

她擅长写楷书，画兰花、竹子、水仙，也懂吴

1　眠婝（tiǎn）：同"腼腆"，指害羞、不大方的样子。

2　頳（chēng）：红色。

3　蹇（jiǎn）涩：语言、文字不流畅，这里指羞涩、不好意思。

歌，但不轻易开口。南京中的皇亲贵族想尽办法，也不能与她参加完一场宴席。富商权贵们想要做个半天的主席，也要提前一天送书信和礼金，没有十金或五金，都不敢贸然订约。想要与她同床共枕的话，如果没有提前一两个月下聘，那这一年都不行了。

她也爱好饮茶，与闵老子关系很好，即使遇到大风雨、大宴会，也一定要到闵老子家喝完几壶茶才走，在交往的人里有中意的，也要定在闵老子家约会。一天，闵老子的邻居中有个大富商，聚集了十几个青楼的妓女，围坐在一起嬉戏打闹，纵情饮酒。王月生一个人站在露台上，倚靠着栏杆，美丽而羞涩，妓女们见了她，都没了神气，躲到了其他房间。月生寒淡得有如孤梅冷月，含冰傲霜，不喜欢与俗人交往，有时一起面对面坐着，也视若无睹。

有个公子喜欢她，和她一起同吃同住了半个月，也没听她说一句话。一天她嘴唇微动，那些闲人十分惊喜，跑着去告诉公子："王月生要开口说话了！"大家哄闹着以为是好事，急忙跑去等着看，只见她脸颊发红，但很快又停住不说了，公子再三请求，她才羞涩地说出两个字："家去。"

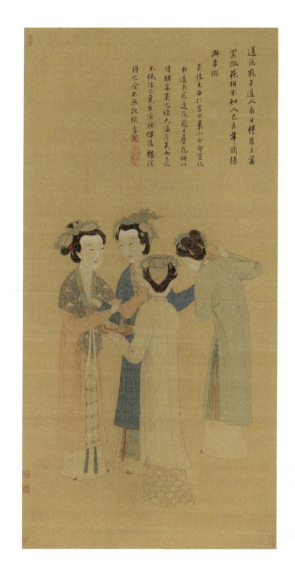

蓮花冠子道人永日侍君王宴
紫微花拂不如入邑去年間綠
與宇徘

蜀後主每於宮中裏小巾命宫妓
衣道衣冠蓮花冠日尋花報此
信醉意園之謹此諷耳其為之
不挹法已寬主沈病隈後想淫
頭之全石無托脈書

○ 卷六

热闹世间

[明]仇英·清明上河图（局部）

鲁藩[1]烟火

兖州鲁藩烟火妙天下。烟火必张灯，鲁藩之灯，灯其殿、灯其壁、灯其楹柱、灯其屏、灯其座、灯其宫扇伞盖。诸王公子、宫娥僚属、队舞乐工，尽收为灯中景物。及放烟火，灯中景物又收为烟火中景物。天下之看灯者，看灯灯外；看烟火者，看烟火烟火外。未有身入灯中、光中、影中、烟中、火中，闪烁变幻，不知其为王宫内之烟火，亦不知其为烟火内之王宫也。

殿前搭木架数层，上放"黄蜂出窠[2]""撒花盖顶""天花喷礴"。四傍珍珠帘八架，架高二丈许，每一帘嵌"孝""悌""忠""信""礼""义""廉""耻"一大字。每字高丈许，晶映高明。下以五色火漆塑狮、

1　鲁藩：洪武三年，朱元璋封其第十子朱檀为鲁王，后世代因袭，故名。

2　窠（kē）：鸟兽昆虫的窝。

象、橐驼[1]之属百余头，上骑百蛮[2]，手中持象牙、犀角、珊瑚、玉斗诸器，器中实"千丈菊""千丈梨"诸火器，兽足蹑以车轮，腹内藏人。旋转其下，百蛮手中，瓶花徐发，雁雁行行，且阵且走。

移时，百兽口出火，尻[3]亦出火，纵横践踏。端门[4]内外，烟焰蔽天，月不得明，露不得下。看者耳目攫夺[5]，屡欲狂易，恒内手持之。

昔者有一苏州人，自夸其州中灯事之盛，曰："苏州此时有起火，亦无处放，放亦不得上。"众曰："何也？"曰："此时天上被起火挤住，无空隙处耳！"人笑其诞。于鲁府观之，殆不诬也。

【翻译】

兖州鲁王府的烟火妙绝天下，放烟火必定要张挂灯笼。鲁王府的灯笼，挂在大殿、墙壁、楹柱、屏

1　橐（tuó）驼：骆驼。

2　百蛮：古代泛指其他少数民族。

3　尻（kāo）：屁股。

4　端门：此指鲁王府的正门。

5　攫（jué）夺：攫取掠夺。

风、座位以及宫扇伞盖上。王侯公子、宫女臣属、舞女乐工，都成了灯中景物。等到放烟火的时候，灯中景物又成了烟火中的景物。天下看灯的人，在灯外看灯；看烟火的人，在烟火外看烟火，未尝自身融入灯中、光中、影中、烟中、火中，闪烁变幻，不知道究竟是王宫内的烟火，还是烟火里的王宫。

殿前搭了好几层木架，上面放着"黄蜂出窠""撒花盖顶""天花喷礴"这些烟火。四周放了八架珍珠帘，每架二丈左右高，每架珍珠帘分别嵌上了"孝""悌""忠""信""礼""义""廉""耻"中的一个大字，每个字有一丈高，显得晶莹明亮。

下面用五色火漆塑造了狮子、大象、骆驼等百余头动物，上面骑着一百来个蛮人，手里拿着象牙、犀角、珊瑚、玉斗等器皿，器皿中放着"千丈菊""千丈梨"等火器，兽脚踩在车轮上，肚子里藏着人，在下面转动轮子。蛮人手中的瓶装烟花徐徐发射，如大雁般排列整齐，一边列阵一边行走。

过了一会儿，百兽的口中喷出火花，屁股也喷出火花，纵横交错。鲁王府正门内外，烟花火焰漫天，月亮见不到光，露水也不能滴下来，看的人耳朵眼睛犹如被夺走一般，屡屡为之疯狂，一直拿手捂着胸口，想让自己平静下来。

之前有一个苏州人，自夸苏州灯火的盛况，说："苏州此时即使有烟火，也无处可放，放了也不能到天上。"众人就问他："为什么呢？"他回答道："此时天上都被烟火挤住，没有空隙了！"人们都笑其荒诞。我在鲁王府看过烟火后，才知道那不是骗人的。

［明］殷宏·孔雀牡丹图

绍兴灯景

绍兴灯景为海内所夸者无他，竹贱、灯贱、烛贱。贱，故家家可为之；贱，故家家以不能灯为耻。故自庄逵[1]以至穷檐曲巷，无不灯、无不棚者。棚以二竿竹搭过桥，中横一竹，挂雪灯一，灯球六。大街以百计，小巷以十计。从巷口回视巷内，复叠堆垛，鲜妍[2]飘洒，亦足动人。

十字街搭木棚，挂大灯一，俗曰"呆灯"，画《四书》《千家诗》故事，或写灯谜，环立猜射之。庵堂寺观以木架作柱灯及门额，写"庆赏元宵""与民同乐"等字。佛前红纸荷花琉璃百盏，以佛图灯带间之，熊熊煜煜[3]。庙门前高台，鼓吹五夜。市廛[4]如横街轩亭、会稽县西桥，闾里[5]相约，故盛其灯，更于其

1　庄逵：大路。

2　妍：美丽。

3　熊熊煜煜（yù）：灯火辉煌的样子。

4　市廛（chán）：商店集中的地方。

5　闾里：乡里，泛指民间。

地斗狮子灯，鼓吹弹唱，施放烟火，挤挤杂杂。

小街曲巷有空地，则跳大头和尚，锣鼓声错，处处有人团簇看之。城中妇女多相率步行，往闹处看灯；否则，大家小户杂坐门前，吃瓜子、糖豆，看往来士女，午夜方散。乡村夫妇多在白日进城，乔乔画画，东穿西走，曰"钻灯棚"，曰"走灯桥"，天晴无日无之。

万历间，父叔辈于龙山放灯，称盛事，而年来有效之者。次年，朱相国家放灯塔山。再次年，放灯蕺山。蕺山[1]以小户效颦，用竹棚，多挂纸魁星灯。有轻薄子作口号嘲之曰："蕺山灯景实堪夸，篛篠[2]竿头挂夜叉。若问搭彩是何物，手巾脚布神袍纱。"由今思之，亦是不恶。

【翻译】

绍兴灯景被海内夸赞没有其他的原因，主要是竹子便宜，灯便宜，花烛便宜。正因为便宜，所以家家

1　蕺（jí）山：山名，在今浙江绍兴。

2　篛篠（hú xiǎo）：细竹。

都能做；也因为便宜，所以家家以不能制灯为耻。因此从宽庄大道到茅舍曲巷，没有不挂灯和不搭棚的。灯棚用两根竹竿搭成过桥，中间横着一根竹子，上面挂一盏雪灯和六个灯球。大街上的灯棚数以百计，小巷的数以十计，从巷口看到巷内，灯棚层叠堆垛，明艳飘扬，也足够动人。

十字街上搭有木棚，挂着一盏大灯，俗名叫"呆灯"，灯上面画着《四书》《千家诗》中的故事，或者写上灯谜，让人们站在四周来猜。庵堂寺庙道观则用木架来做柱灯或门额，上面写着"庆赏元宵""与民同乐"等字。佛像前摆着百盏红纸做的荷花琉璃灯，中间夹杂着佛图灯，灯火明亮辉煌。

庙门前的高台，要锣鼓奏乐五夜，热闹的集市像横街的轩亭、会稽县的西桥，都是乡里相约的地点，因此灯景十分繁盛，有赛狮子灯的，吹拉弹唱的，放烟火的，人群拥挤嘈杂。小街曲巷只要有空地，就在那里跳大头和尚舞，锣鼓声交错，处处都有人聚在一团看。城中的妇女大多相随着步行，往热闹处看灯，不然的话，大家小户就坐在门前，吃瓜子、糖豆，看路上往来的男女，直到午夜方才散去。乡村的夫妇多在白天进城，打扮得漂漂亮亮，东穿西走，叫作"钻

灯棚"也叫"走灯桥"。只要是晴天，没有一天不是
这样。

万历年间，我的父叔辈在龙山放灯，被称为是盛
事，其后历年都有效仿的人。第二年，朱相国家就在
塔山放灯，又过了一年，在蕺山放灯。蕺山放灯也有
小户人家效仿，用竹棚，大多挂着纸做的魁星灯。轻
浮的人编口号嘲笑道："蕺山灯景实堪夸，葫篓竿头
挂夜叉。若问搭彩是何物，手巾脚布神袍纱。"现在
想来，这样效仿也是不错的。

［明］仇英·清明上河图（局部）

金山[1]夜戏

　　崇祯二年中秋后一日，余道镇江往兖[2]。日晡，至北固，舣舟江口。月光倒囊入水，江涛吞吐，露气吸之，噀[3]天为白。余大惊喜。移舟过金山寺，已二鼓矣。经龙王堂，入大殿，皆漆静。林下漏月光，疏疏如残雪。

　　余呼小傒携戏具，盛张灯火大殿中，唱韩蕲王[4]金山及长江大战诸剧。锣鼓喧阗[5]，一寺人皆起看。有老僧以手背搔[6]眼翳[7]，翕然[8]张口，呵欠与笑嚏俱至。徐定睛，视为何许人，以何事何时至，皆不敢问。剧完，将曙，解缆过江。山僧至山脚，目送久之，不知

1　金山：在今江苏，名胜古迹有金山寺等。

2　兖（yǎn）：兖州，地名，在山东。

3　噀（xùn）：含在口中而喷出。

4　韩蕲（qí）王：宋代名将韩世宗死后的封号。

5　喧阗（tián）：喧闹杂乱。多指车马喧闹声。

6　搔（sà）：按揉。

7　眼翳（yì）：眼角膜上所长的一种妨碍视线的白斑，多见于老年人。

8　翕（xī）然：这里指目瞪口呆的样子。

是人、是怪、是鬼。

　　崇祯二年中秋节后一天，我途经镇江前往兖州，傍晚时，到达北固山，在江口停船靠岸。月光像从囊中倾泻出的水，与江涛吞吐，被露气吸收，再把天空喷洒成白色。我大为惊喜，等船过金山寺时，已经打二更鼓了，经过龙王堂，进入大殿，四周昏暗宁静。树林下露出点点月光，有如稀疏的残雪。

　　我喊小厮带着唱戏的道具，在大殿中盛张灯火，唱着韩世忠在金山及长江大战等戏，锣鼓喧天，寺庙的人都起来观看。有个老和尚用手背擦眼睛，目瞪口呆，又打哈欠又笑得直打喷嚏。众人慢慢定下神来，想看看是什么人因为什么事在什么时候来到这里，但都不敢问。等戏演完了天也快亮了，我便解开缆绳准备过江。山上的僧人到了山脚，目送良久，不知道我们是人，是怪，还是鬼。

［明］沈周·两江名胜图册（其一）

西湖香市（节选）

西湖香市，起于花朝，尽于端午。山东进香普陀者日至，嘉、湖进香天竺者日至，至则与湖之人市焉，故曰香市。然进香之人市于三天竺，市于岳王坟，市于湖心亭，市于陆宣公祠，无不市，而独凑集于昭庆寺。昭庆寺两廊故无日不市者，三代八朝之骨董，蛮夷闽貊[1]之珍异，皆集焉。

至香市，则殿中边甬道上下、池左右、山门内外，有屋则摊，无屋则厂，厂外又棚，棚外又摊，节节寸寸。凡胭脂簪珥[2]、牙尺[3]剪刀，以至经典木鱼、伢儿嬉具之类，无不集。此时春暖，桃柳明媚，鼓吹清和，岸无留船，寓无留客，肆无留酿。袁石公所谓"山色如娥，花光如颊，波纹如绫，温风如酒"，已画出西湖三月。而此以香客杂来，光景又别。士女闲

1　蛮夷闽貊（mò）：泛指古代各少数民族。

2　珥（ěr）：耳饰。

3　牙尺：用象牙做的尺子。

都[1]，不胜其村妆野妇之乔画；芳兰芗泽[2]，不胜其合香[3]
芫荽[4]之薰蒸；丝竹管弦，不胜其摇鼓欲笙之聒帐[5]；鼎
彝[6]光怪，不胜其泥人竹马之行情；宋元名画，不胜
其湖景佛图[7]之纸贵。如逃如逐，如奔如追，撩扑不
开，牵挽不住。数百十万男男女女、老老少少，日簇
拥于寺之前后左右者，凡四阅月方罢。恐大江以东，
断无此二地矣。

崇祯庚辰[8]三月，昭庆寺火。是岁及辛巳、壬午[9]
洊饥[10]，民强半饿死。壬午虏[11]鲠[12]山东，香客断绝，
无有至者，市遂废。

1　闲都：娴雅秀美。

2　芗（xiāng）泽：香泽，香气。芗：通"香"。

3　合香：即苏合香，一种乔木，其树脂可提制苏合香油。

4　芫荽（yán sui）：即香菜。

5　聒帐：指通宵宴饮、管弦齐奏的热闹景象。

6　鼎彝：古代祭器，上面多刻着表彰有功人物的文字。

7　佛图：即佛塔。

8　庚辰：崇祯十三年，公元 1640 年。

9　辛巳、壬午：辛巳指崇祯十四年，公元 1641 年；壬午指崇祯十五
　　年，公元 1642 年。

10　洊（jiàn）饥：连年饥荒。

11　虏：指清兵。

12　鲠：堵塞，隔绝。

【翻译】

西湖香市，从花朝节开始，于端午节结束。山东到普陀进香的人每天都来，嘉兴、湖州到天竺寺进香的人也每天都来，他们来了后就和西湖的人做生意，因此叫香市。然而进香的人可以在三天竺做生意，可以在岳王坟做生意，可以在湖心亭做生意，可以在陆宣公祠做生意，哪个地方都可以做生意，但唯独都聚集在昭庆寺。昭庆寺两边的走廊没有一天不在做生意，无论是三代八朝的古董，还是蛮夷闽貊等少数民族的奇珍异宝，都集中在这里。

到了香市，大殿中间和两边的甬道上下、水池左右、山门内外，有房屋的地方就摆摊，没有房屋就搭个小屋，小屋外又搭上棚子，棚子外又摆摊，寸寸节节紧相连接。大凡胭脂、簪子、耳饰、象牙尺、剪刀，以至经典、木鱼、小孩玩具这些东西，无一不聚集在这里。

此时春意盎然，桃柳明媚，鼓乐清和，岸上无船，店中没有留宿的客人，酒肆没有佳酿存留，袁石公所说的"山色如娥，花光如颊，波纹如绫，温风如酒"，已经活画出西湖三月的景致了。然而这里有香

［明］仇英·清明上河图（局部）

客夹杂，光景又有所不同。

　　娴雅秀美的文人仕女，比不过浓妆艳抹的乡村野妇；兰花的香气，比不过熏蒸出来的苏合香和香菜味；丝竹管弦的雅乐，比不过擂鼓吹笙的喧闹；刻有文字的古代祭器，比不过泥人竹马的市场行情；宋元名画，比不过描绘湖景佛塔的纸贵。前面的人像在跑，后面的人像在追，拨也拨不开，拉也拉不住。成千上万的男男女女、老老少少，每天都簇拥在昭庆寺的前后左右，整整四个月才结束，恐怕长江以东，断然没有第二个这样的地方了。

　　崇祯十三年三月，昭庆寺起火。从这一年后，连着两年都有饥荒，百姓们大多饿死。崇祯十五年，清兵侵扰山东，香客断绝，没有人再到这个地方来，西湖香市也就废止了。

目莲戏[1]

余蕴叔[2]演武场搭一大台，选徽州旌阳戏子剽轻精悍、能相扑跌打者三四十人，搬演目莲，凡三日三夜。四围女台百什座，戏子献技台上，如度索舞絚[3]、翻桌翻梯、觔斗[4]蜻蜓、蹬坛蹬臼[5]、跳索跳圈，窜火窜剑之类，大非情理。凡天神地祇、牛头马面、鬼母丧门、夜叉罗刹、锯磨鼎镬、刀山寒冰、剑树森罗、铁城血澥[6]，一似吴道子《地狱变相》，为之费纸札者万钱，人心惴惴，灯下面皆鬼色。

戏中套数，如《招五方恶鬼》《刘氏逃棚》等剧，万余人齐声呐喊。熊太守谓是海寇卒至，惊起，差衙

---

1 目莲戏：又叫"目连戏"，以宗教故事"目莲救母"为题材，保存于民俗活动中的古老剧种，是有据可考的第一个剧目，被誉为中国戏曲的"戏祖"。

2 蕴叔：即张岱的叔叔张尔蕴。

3 絚（gēng）：大绳索。

4 觔（jīn）斗：即翻跟斗。

5 臼（jiù）：春米的器具，用石头制成，样子像盆。

6 血澥（xiè）：血海。

官侦问，余叔自往复之，乃安。

台成，叔走笔书二对。一曰："果证幽明，看善善恶恶随形答响，到底来那个能逃？道通昼夜，任生生死死换姓移名，下场去此人还在。"一曰："装神扮鬼，愚蠢的心下惊慌，怕当真也是如此。成佛作祖，聪明人眼底忽略，临了时还待怎生？"真是以戏说法。

【翻译】

我的叔叔张尔蕴在演武场搭了一个大台子，从徽州的旌阳戏子中挑选了三四十个身材强壮灵活、能够跌打相扑的人，让他们搬演目莲戏，一共演了三天三夜。四周设有一百多个女观众席，戏子在台上献技，比如走索舞绳、翻桌翻梯、翻跟斗竖蜻蜓、蹬坛蹬臼、跳索跳圈、窜火窜剑这一类，大都不是常人能做到的。

凡是天地神灵、牛头马面、鬼母丧门、夜叉罗刹、锯磨鼎镬、刀山寒冰、剑树森罗、铁城血海这一类的，就像吴道子《地狱变相》中描绘的景象，为了做这些纸扎花费万钱，台下的人们惴惴不安，灯下的人脸都面如鬼色。

戏中的套路，像《招五方恶鬼》《刘氏逃棚》等剧，演出时万余人在齐声呐喊。熊太守还以为是海盗突然来了，惊慌起身，差遣府衙官员侦察询问，我的叔叔亲自去答复，他才安下心来。

台子搭成后，我的叔叔写了两副对联，一副写着："果证幽明，看善善恶恶随形答响，到底来那个能逃？道通昼夜，任生生死死换姓移名，下场去此人还在。"另一副是："装神扮鬼，愚蠢的心下惊慌，怕当真也是如此。成佛作祖，聪明人眼底忽略，临了时还待怎生？"当真是以戏说法。

[明]夏葵·婴戏图

西湖七月半

西湖七月半，一无可看，止可看看七月半之人。看七月半之人，以五类看之。其一，楼船箫鼓，峨冠盛筵，灯火优傒[1]，声光相乱，名为看月而实不见月者，看之。其一，亦船亦楼，名娃闺秀，携及童娈，笑啼杂之，环坐露台，左右盼望，身在月下而实不看月者，看之。

其一，亦船亦声歌，名妓闲僧，浅斟低唱，弱管轻丝，竹肉相发，亦在月下，亦看月，而欲人看其看月者，看之。其一，不舟不车，不衫不帻[2]，酒醉饭饱，呼群三五，跻入人丛，昭庆、断桥，嚣呼嘈杂，装假醉，唱无腔曲，月亦看，看月者亦看，不看月者亦看，而实无一看者，看之。

其一，小船轻幌，净几暖炉，茶铛[3]旋煮，素瓷静递，好友佳人，邀月同坐，或匿影树下，或逃嚣

1　优傒（xī）：歌伎和奴仆。

2　不衫不帻（zé）：不穿长衫，不戴头巾，指穿戴很随意的样子。

3　铛（chēng）：煮茶的小锅。

里湖，看月而人不见其看月之态，亦不作意看月者，看之。

杭人游湖，巳[1]出酉[2]归，避月如仇，是夕好名，逐队争出，多犒门军酒钱，轿夫擎燎，列俟岸上。一入舟，速舟子急放断桥，赶入胜会。以故二鼓以前，人声鼓吹，如沸如撼，如魇如呓，如聋如哑，大船小船一齐凑岸，一无所见，止见篙击篙，舟触舟，肩摩肩，面看面而已。

少刻兴尽，官府席散，皂隶[3]喝道去，轿夫叫船上人，怖以关门，灯笼火把如列星，一一簇拥而去。岸上人亦逐队赶门，渐稀渐薄，顷刻散尽矣。吾辈始舣舟近岸，断桥石磴始凉，席其上，呼客纵饮。此时，月如镜新磨，山复整妆，湖复颒[4]面。

向之浅斟低唱者出，匿影树下者亦出，吾辈往通声气，拉与同坐。韵友来，名妓至，杯箸安，竹肉发。月色苍凉，东方将白，客方散去。吾辈纵舟，酣睡于十里荷花之中，香气拍人，清梦甚惬。

1　巳：巳时，上午九点到十一点。

2　酉：酉时，下午五点至七点。

3　皂隶：指差役。

4　颒（huì）：洗脸。这里指湖面清澈干净。

【翻译】

七月半的西湖，没什么可看的，只能看看七月半的人。看七月半的人，可以分为五类。第一类，楼船上箫鼓齐鸣，人们身着盛装参加宴会，歌伎奴仆在灯火下忙个不停，声色光影杂乱，名为赏月实际看不见月亮的人，可以看看。第二类，也有楼和船，美女闺秀，带着美貌少年，笑着闹着，环坐在露台，左右盼望，身在月下而实际不看月亮的人，可以看看。

第三类，也坐船也有歌声相伴，有名的妓女、悠闲的僧人，浅斟低唱，轻奏丝竹管乐，箫笛声伴着歌唱声，也在月下，也看月，但希望有人看到他们在看月的人，可以看看。第四类，不坐船也不乘车，不穿长衫也不戴头巾，酒醉饭饱后，喊三五个好友，挤入人群中，在昭庆寺和断桥这两个地方，乱喊乱叫，十分嘈杂，假装喝醉，唱着不成腔调的曲子，月也看，看月的人也看，不看月的人也看，而实际上什么都没看到的人，可以看看。

第五类，小船上挂起轻幔，有明净的茶几，温暖的炉火，茶水很快在小锅中煮开，静静倒入素瓷杯中，递给好友佳人，邀请月亮同坐，或隐藏在树下的

［明］仇英·清明上河图（局部）

阴影中，或到里湖逃离尘世喧嚣，虽在看月，但别人看不见他看月的神态，也不故意做出看月样子的人，可以看看。

杭州的人游湖，一般已时出酉时归，避月如仇，但当天晚上却因喜好西湖七月半的名声，成群结队地争相出去，多犒劳门军一些酒钱，轿夫则高举火把，排列在岸上，一进入舟中，就立刻让船夫直奔断桥，像是赶着去参加盛会。因此二更以前，人声鼎沸，乐声震撼，像在梦中惊叫说话，又像变聋变哑一般，大船小船，一齐往岸上停靠，什么都看不见，只能看见篙碰着篙，船挨着船，肩靠着肩，脸对着脸而已。

过了一会儿后，人们玩得尽兴了，官府宴席散场，差役喝道开路，轿夫叫船上的人，用城门将关的话催促着，灯笼火把如天上繁星，一一簇拥着离去。岸上的人也一群接一群赶去城门，人群渐稀渐薄，顷刻间就散尽了。我们这些人这才开始停船靠岸，断桥的石阶开始凉下来，就把席子铺在上面，招呼客人纵情饮酒。此时，月亮如同新磨的镜子，山色如同重新整妆的少妇，湖面似重新洗颜的少女。

之前浅斟低唱的人出来了，藏在树影下的人也出来了，我们便去和他们打招呼，拉他们同坐。志趣相投的朋友来了，有名的妓女到了，将酒杯筷子安顿好，便开始吹奏演唱。月色苍凉，东方将白，客人方才散去。我们便放舟西湖，酣睡在十里荷花中，香气扑鼻，做着清梦，甚是惬意。

秦淮河房

　　秦淮河河房，便寓，便交际，便淫冶[1]，房值甚贵，而寓之者无虚日。画船箫鼓，去去来来，周折其间。河房之外，家有露台，朱栏绮疏，竹帘纱幔。夏月浴罢，露台杂坐。两岸水楼中，茉莉风起，动儿女香甚。女客团扇轻绔，缓鬓倾髻，软媚着人。

　　年年端午，京城士女填溢，竞看灯船。好事者集小篷船百什艇，篷上挂羊角灯如联珠，船首尾相衔，有连至十余艇者。船如烛龙火蜃[2]，屈曲连蜷，蟠委旋折[3]，水火激射。舟中憯钹星铙[4]，宴歌弦管，腾腾如沸。士女凭栏轰笑，声光凌乱，耳目不能自主。午夜，曲倦灯残，星星自散。钟伯敬有《秦淮河灯船赋》，备极形致。

1　淫冶：本指淫荡，这里指声色娱乐。

2　蜃（shèn）：中国神话传说的一种海怪，形似大牡蛎。

3　蟠委旋折：盘旋曲折。

4　憯（sǎn）钹（bó）星铙（náo）：钹铙击打时时快时慢。憯：弩机松弛。

【翻译】

秦淮河的河房，便于居住，便于交际，便于游乐，虽然房价昂贵，但每天都有人住，没有空闲的日子。画船箫鼓，来来去去，穿梭在其中。河房之外，每家都有露台，朱栏绮窗，竹帘纱幔。夏天月夜沐浴后，人们在露台随意坐下。两岸的水楼中，茉莉香味随风飘起，花香打动着青年男女。女客们手摇团扇，身着轻衣，发髻蓬松倾斜，软媚动人。

每年的端午节，京城的青年男女都会挤在河边看灯船。好事的人聚集了一百多条小篷船，篷上挂着透明的羊角灯，像成串的珍珠一样，篷船首尾相接，甚至有连着十多条船的。这些船有如烛龙火蜃，屈曲绵长，盘旋曲折，水色与火光交相辉映。

舟中击打起钹铙，唱歌奏起管弦，热闹沸腾。青年男女们靠着栏杆大笑，声音与光影交杂，让人无法控制自己的眼睛和耳朵。午夜时分，曲子唱倦了，灯火也只剩残光，人们像星星一般自行散去了。钟伯敬有一篇《秦淮河灯船赋》，将这些景象描绘到了极致。

［明］仇英·清明上河图（局部）

○ 卷七

当时器物

［明］陶成·岁朝图（局部）

世美堂灯

儿时跨苍头[1]颈，犹及见王新建[2]灯。灯皆贵重华美，珠灯料丝[3]无论，即羊角灯亦描金细画，缨络罩之。悬灯百盏，尚须秉烛而行，大是闷人。余见《水浒传》"灯景诗"有云："楼台上下火照火，车马往来人看人。"已尽灯理。余谓灯不在多，总求一亮。余每放灯，必用如椽大烛，专令数人剪卸烬煤，故光迸重垣，无微不见。

十年前，里人有李某者，为闽中二尹[4]，抚台[5]委其造灯，选雕佛匠，穷工极巧，造灯十架，凡两年。灯成而抚台已物故，携归藏椟中。又十年许，知余好

---

1 苍头：年纪较大的奴仆。

2 王新建：明末著名收藏家。

3 料丝：制作灯具的一种丝状材料。明代郎瑛《七修类稿·事物五·料丝》："用玛瑙、紫石英诸药捣为屑，煮腐如粉，然必市北方天花菜点之方凝。而后缲之为丝，织如绢状，上绘人物山水，极晶莹可爱，价亦珍贵。盖以煮料成丝，故谓之料丝。"

4 二尹：明清时期对县丞或府同知的别称。

5 抚台：明代对巡抚的别称。

灯，举以相赠，余酬之五十金，十不当一，是为主灯。遂以烧珠、料丝、羊角、剔纱诸灯辅之。而友人有夏耳金者，剪采为花，巧夺天工，罩以冰纱，有烟笼芍药之致。更用粗铁线界画规矩，匠意出样，剔纱为蜀锦，鞔[1]其界地，鲜艳出人。耳金岁供镇神，必造灯一盏，灯后，余每以善价购之。

余一小傒善收藏，虽纸灯亦十年不得坏，故灯日富。又从南京得赵士元夹纱屏及灯带数副，皆属鬼工，决非人力。灯宵，出其所有，便称胜事。鼓吹弦索，厮养臧获[2]，皆能为之。有苍头善制盆花，夏间以羊毛炼泥墩，高二尺许，筑"地涌金莲"，声同雷炮，花盖亩余。不用煞拍[3]鼓铙，清吹唢呐应之，望花缓急为唢呐缓急，望花高下为唢呐高下。

灯不演剧，则灯意不酣；然无队舞鼓吹，则灯焰不发。余敕小傒串元剧四五十本。演元剧四出，则队舞一回，鼓吹一回，弦索一回。其间浓淡繁简松实之妙，全在主人位置，使易人易地为之，自不能尔尔。故越中夸灯事之盛，必曰"世美堂灯"。

1　鞔（mán）：原义为皮，这里为铺饰之义。

2　臧获：奴婢。

3　煞拍：击打节拍。

【翻译】

我儿时骑在老奴的脖子上，还看见过王新建的灯。他的灯都贵重华美，更不用说以珍宝为丝的珠子灯，即便是羊角灯，也要描金细画，用缨络罩着。悬挂的灯有上百盏，尚且需要拿着蜡烛前行，让人觉得很郁闷。我看见《水浒传》中有句"灯景诗"说："楼台上下火照火，车马往来人看人。"已经说尽灯的道理了。我觉得灯不在多，但求一亮。我每次放灯，必定要用像椽那样大的蜡烛，专门命几个人剪去灯芯烛灰。因此灯光亮得像要穿透墙壁，细微的地方都能被看见。

十年前，乡里有个姓李的人，做了闽中的同知官，巡抚命令他造灯。他便挑选雕刻佛像的匠人，穷工极巧，造了十架灯。花了两年时间，灯造成了，巡抚却已经去世了，他于是把灯带回家藏在柜子里。又过了十来年，他知道我喜欢灯，便把这些灯送给我，我以五十两金子作为酬报，这还抵不上它们价值的十分之一，这是主灯，我又用烧珠、料丝、羊角、剔纱这些灯作为辅灯。我有个叫夏耳金的朋友，能剪彩纸做成花，技艺巧夺天工，以冰纱做罩，有烟笼芍药的风致，再用粗铁丝在外面画出边界，独具匠心，剔纱灯使用蜀锦，铺饰在里面，鲜艳动人。夏耳金每年供奉镇神，都要造一盏灯，灯制成后，我每次便以高价购买。

我的一个小厮善于收藏，即使是纸灯也能十年不坏，因此我收藏的灯越来越多，他又从南京得到赵士元的夹纱屏和几副灯带，皆是精妙高超，绝非人力所能为。元宵节灯会时，我拿出收藏的所有灯，也称得上是盛事了。吹拉弹唱这些事，我的奴婢小厮都能做。有个老仆人擅长制作盆式烟花，夏天用羊毛炼出泥墩，二尺左右高，筑成"地涌金莲"的样子，燃放时声音如同打雷放炮，烟花能遮盖一亩多的天空，不用击打鼓铙的节拍，只需清吹唢呐来应和它，看着烟花的快慢来决定唢呐的快慢，以烟花的高下来控制唢呐音调的高低。

灯下不演剧，则灯意不酣畅，然而没有鼓吹舞乐的队伍，灯焰也就不明亮。我便让小厮串演四五十本元剧，每演四出元剧，就表演一次队舞，鼓吹一次，拉一回弦，这其中浓淡、繁简、松实的巧妙，全由主人把握。若是换一个人换一个地方，自然是不能做到这样。因此越中要夸灯事的盛况，一定会说到"世美堂灯"。

［明］崔子忠·货郎图

菊海

兖州张氏期余看菊，去城五里。余至其园，尽其所为园者而折旋[1]之，又尽其所不尽为园者而周旋之，绝不见一菊，异之。移时，主人导至一苍莽[2]空地，有苇厂三间，肃[3]余入，遍观之，不敢以菊言，真菊海也。厂三面，砌坛三层，以菊之高下高下之。花大如瓷瓯[4]，无不球，无不甲，无不金银荷花瓣，色鲜艳，异凡本，而翠叶层层，无一早脱者。此是天道，是土力，是人工，缺一不可焉。

兖州缙绅家风气袭王府，赏菊之日，其桌，其炕、其灯、其炉、其盘、其盒、其盆盎、其肴器、其杯盘大觥[5]、其壶、其帏、其褥、其酒、其面食、其衣服花样，无不菊者。夜烧烛照之，蒸蒸烘染，较日色

1　折旋：来来回回地走一遍。

2　苍莽：无边无际的样子，这里指空地面积很大。

3　肃：郑重、恭敬。

4　瓯（ōu）：小盆。

5　觥（gōng）：古代用兽角做的酒器。

更浮出数层。席散，撒苇帘以受繁露。

兖州的张氏邀我去赏菊，那里离城有五里路。我到了他的园子后，把整个园子来回走了一遍，又到园子外面走了一遍，但没有看到一朵菊花，感到很奇怪。过了一会儿，主人把我们带到一片苍莽的空地上，那里有三间芦苇搭的房子，他郑重地请我进去。我在里面看了一遍，不敢说是菊花，简直是一片菊海啊！房子的三面，砌上三层花坛，根据菊花的高低来决定摆放位置的高低。菊花大得像小瓷盆一样，没有不是球形的，没有不是有如黄金甲的，没有不是金银荷花瓣的，色彩鲜艳，绝非凡品，又有层层翠叶，而且没有一片过早脱落。这靠的是天道、土力、人工，缺一不可。

兖州官宦之家的风气沿袭王府，赏菊的那天，家里的桌、炕、灯、炉、盘、盒、盆、餐具、杯盘、酒器、壶、帐子、被褥、酒、面食、衣服花样，无一不是和菊相关。夜晚在烛火的照耀下，经过熏蒸烘染，比白天更多了几层风韵。宴席散去后，就撒掉芦苇帘，让菊花接受露水的浸润。

［明］沈周·盆菊幽赏图

天砚

　　少年视砚，不得砚丑。徽州汪砚伯至，以古款废砚，立得重价，越中藏石俱尽。阅砚多，砚理出。曾托友人秦一生为余觅石，遍城中无有。山阴狱中大盗出一石，璞[1]耳，索银二斤。余适往武林，一生造次[2]不能辨，持示燕客。燕客指石中白眼曰："黄牙臭口[3]，堪留支桌。"赚[4]一生还盗。燕客夜以三十金攫去。命砚伯制一天砚，上五小星一大星，谱曰"五星拱月"。

　　燕客恐一生见，铲去大小三星，止留三小星。一生知之，大懊恨，向余言。余笑曰："犹子比儿[5]。"亟[6]往索看。燕客捧出，赤比马肝，酥润如玉，背隐

1　璞：这里指石头还没有被雕琢。

2　造次：匆忙、仓促。

3　黄牙臭口：这里指石头品质低劣。

4　赚：哄骗。

5　犹子比儿：俗语，意思是侄子等于儿子一样，这里指砚台在秦一生手里和张燕客手里都一样。

6　亟（jí）：急迫。

白丝类玛瑙，指螺[1]细篆，面三星坟起[2]如弩眼，着墨无声而墨沉烟起，一生痴疧[3]，口张而不能翕。燕客属余铭，铭曰："女娲炼天，不分玉石；鳌血芦灰，烹霞铸日[4]；星河溷扰[5]，参横箕翕[6]。"

【翻译】

少年看砚时，不知道砚的美丑。徽州的汪砚伯过来，拿着古老款式的废砚，立马就估得高价，越中地区收藏的石头都被卖光了。看的砚越多，砚的道理也就出来了。我曾经托友人秦一生寻找好石头，遍寻城中都没有发现。山阴狱有大盗出一块石头，还没有被雕琢，索价二斤银子。我刚好要去武林，秦一生仓促间不能辨出好坏，便拿去给我的堂兄张燕客看。燕客指着石头中的白孔说："品质低劣，只能拿去垫

1　指螺：螺旋形的指纹，这里指纹路。

2　坟起：隆起，突起。

3　痴疧（hāi）：痴呆。

4　"女娲"四句：古代神话传说，女娲炼五色石补天，将鳌的四肢作为撑天的柱子，用芦灰来抵御洪水。

5　溷（hùn）扰：烦扰，打扰。

6　参、箕：星宿名，这里指砚台上的星星。

桌子。"哄骗秦一生还给大盗。随后，燕客晚上又用三十两黄金将砚买去，让汪砚伯做成一方天砚，上面刻有五颗小星和一颗大星，谱上叫"五星拱月"。

燕客还怕一生看见，便铲去大、小三颗星星，只留下三颗小星星。秦一生知道后，非常懊恨，便对我说了这件事，我笑道："砚在燕客那里，和在你这里一样。"我赶忙前去观看。燕客将砚捧出来，只见那砚红比马肝，酥润如玉，背面隐隐有玛瑙一样的白丝，纹路有如细小的篆字，正面隆起的三颗星星像弩的孔，着墨无声，墨沉下去而黑烟升起。秦一生看呆了，嘴张着都不能合上。

燕客让我为砚写铭文，铭文写道："女娲炼天，不分玉石；鳌血芦灰，烹霞铸日；星河溷扰，参横箕翕。"

〔明〕陈裸·洗砚图

楼船

　　家大人[1]造楼，船之；造船，楼之。故里中人谓船楼，谓楼船，颠倒之不置。是日落成，为七月十五，自大父[2]以下，男女老稚靡不集焉。以木排数重搭台演戏，城中村落来观者，大小千余艘。

　　午后飓风起，巨浪磅礴，大雨如注，楼船孤危，风逼之几覆，以木排为戢[3]索缆数千条，网网如织，风不能撼。少顷风定，完剧而散。越中舟如蠡壳[4]，局踏[5]篷底看山，如矮人观场，仅见鞋靸[6]而已，升高视明，颇为山水吐气。

1　大人：这里指父亲。

2　大父：祖父。

3　戢（dòng）：船上用来拴缆绳的柱子。

4　蠡（lí）壳：贝类的壳。加工成透明薄片，可装饰窗格。

5　局踏（jí）：拘束的样子。

6　靸（sǎ）：把鞋后帮踩在脚后跟下。

【翻译】

我父亲建楼，弄成船的形状；造船，又弄成楼的样子。因此乡里的人都称之为船楼，又叫楼船，颠来倒去也可以。这天楼船建成后，恰好是七月十五，从祖父往下，男女老少无不聚在一起，用好几层木排搭台演戏，城里村里来看的人，坐着大大小小的船，有一千多艘。

午后刮起了飓风，巨浪磅礴，大雨如注，楼船孤立很是危险，在风的紧逼下差点倾覆，于是用木排作为桩子，系住数千条缆绳，网罗如织，风这才不能再撼动。等风停之后，戏剧演完大家方才散去。绍兴的船像贝壳一样小，在狭窄的篷底下看山，像矮人观场，只能看见别人脚上穿的鞋罢了。在楼船上站得高看得也清楚，真是为这山水扬眉吐气。

［明］佚名·望海楼图

奔云石

南屏石，无出奔云右者。奔云得其情，未得其理。石如滇茶一朵，风雨落之，半入泥土，花瓣棱棱，三四层折。人走其中，如蝶入花心，无须不缀也。黄寓庸先生读书其中，四方弟子千余人，门如市。

余幼从大父访先生。先生面黧黑，多髭须[1]，毛颊，河目[2]海口，眉棱鼻梁，张口多笑。交际酬酢，八面应之。耳聆客言，目睹来牍，手书回札，口嘱俟奴，杂沓于前，未尝少错。客至，无贵贱，便肉、便饭食之，夜即与同榻。余一书记[3]往，颇秽恶，先生寝食之不异也，余深服之。

丙寅至武林[4]，亭榭倾圮，堂中窆[5]先生遗蜕[6]，不胜

1　髭（zī）须：嘴边的胡须。

2　河目：上下眶平正而长的眼睛。古人以为这是圣贤的相貌。

3　书记：掌管文书的人。

4　武林：杭州的别称，因武林山而得名。

5　窆（zhūn）：埋葬。

6　遗蜕：即遗体。

人琴之感[1]。余见奔云黝润，色泽不减，谓客曰：“愿假此一室，以石礌[2]门，坐卧其下，可十年不出也。”客曰：“有盗。”余曰：“布衣褐被，身外长物则瓶粟与残书数本而已。王弇州[3]不曰‘盗亦有道也’哉？”

【翻译】

南屏的石头，没有比奔云石更好的。奔云石得其情致，未得其道理。石头像一朵滇茶花，在风雨中凋落，一半落入了泥土中，花瓣重重叠叠，折起来有三四层，人走在里面，像蝴蝶进入了花心，无一处不需要细细品味。黄寓庸先生在这里读书，来自四方的弟子有千余人，门庭若市。

我小时候曾跟随祖父拜访先生。黄先生脸色黝黑，胡须很多，脸颊长毛，眼大口阔，剑眉高鼻，张

1　人琴之感：即人琴俱亡之感，意思是形容看到遗物，怀念死者的悲伤心情，常用来比喻对知己、亲友去世的悼念之情，出自《晋书·王徽之传》：“取献之琴弹之，久而不调，叹曰：‘呜呼子敬，人琴俱亡。’”

2　礌（lěi）：古同“垒”，堆砌。

3　王弇（yǎn）州：即王世贞，明代文学家、史学家。

口多笑，交际应酬，八面玲珑。耳朵听着客人的话，眼睛看着送来的文书，手上写着回信，嘴上嘱咐下人，面前虽然有很多杂事，但未曾出过差错。客人到了这里，不分贵贱，都以家常肉饭招待，晚上即与客人同榻而眠。我有一个掌管文书的人前去，身上很脏，先生照样与他同吃同住，与别人没什么不同，我深深佩服。

天启六年我到了杭州，看到亭台楼榭都倒塌了，堂中埋葬着先生的遗体，禁不住有人琴俱亡之感。我看见那奔云石黝黑光润，色泽不减，便对客人说："我想借这里的一间屋子，用石头砌门，在里面坐着睡着，可以十年不出去。"客人说："有小偷。"我说："布衣破被，身外长物也不过是瓶中米粟和几本残书罢了。王世贞不也说'盗亦有道'吗？"

〔明〕黄道周·松石孤鹊图

山艇子[1]

　　龙山自巘[2]花阁而西皆骨立[3]，得其一节，亦尽名家。山艇子石，意尤孤孑，壁立霞剥[4]，义不受土。大樟徙其上，石不容也，然不恨石，屈而下，与石相亲疏。石方广三丈，右坳[5]而凹，非竹则尽[6]矣，何以浅深乎石。然竹怪甚，能孤行，实不藉石。竹节促而虬叶毨毨[7]，如猬毛、如松狗[8]尾，离离矗矗[9]，捎捩[10]攒挤，若有所惊者。竹不可一世，不敢以竹二之。

　　或曰：古今错刀[11]也。或曰：竹生石上，土肤浅，

1　山艇子：山名，作者年轻时曾在此处读书。

2　巘（yǎn）：大山上的小山。

3　骨立：比喻山石嶙峋。

4　霞剥：山石被侵蚀后呈现出赤色。

5　坳（ào）：山间的平地。

6　尽：这里指没有其他的植物。

7　毨毨（xiǎn）：羽毛丰满鲜明的样子，这里形容竹叶很多。

8　松狗：松鼠的别称。

9　离离矗矗：盛多茂密，重重叠叠的样子。

10　捎捩（liè）：拂掠转折。

11　错刀：指钱币。

蚀其根，故轮囷[1]盘郁，如黄山上松。山艇子樟，始之石，中之竹，终之楼，意长楼不得竟其长，故艇之。然伤于贪，特特向石，石意反不之属，使去丈而楼壁出，樟出，竹亦尽出。竹石间意，在以淡远取之。

【翻译】

　　龙山从巘花阁往西，都是嶙峋的山石，得到其中的一节，也可以成为名家了。山艇子石，品性尤为孤傲，石壁耸立，山石被侵蚀后色如晚霞，不接触一点尘土。大樟树想长到上面去，这石头容不下它，然而樟树也不怨恨，屈身向下，与石头亲近。石头宽有三尺，右边有个低凹的地方，不长竹子的话就无从品评，哪里还能谈论石头的深浅呢！然而那竹子也怪，孤零零长着，实际不依靠石头。竹节紧密而弯曲，叶子茂盛，像刺猬的毛、松鼠的尾巴，浓密挺拔，相互扭结簇拥在一起，像是被惊动一样。竹子摆出不可一世的姿态，让人不敢以第二去看它。

1　囷（qūn）：古代一种圆形的谷仓。

有人说，竹叶像古往今来的错刀钱币。也有人说，竹子长在石上，土壤很浅，腐蚀了它的根部，因此变得弯曲盘旋，像黄山上的松树一样。山艇子的樟树，从石头上长出来，长到竹子那么高，最终长得像楼一样高，感觉长到楼高也不算长到极致，因此像小船一样往横向发展。然而它太贪心了，特意靠近石头，石头反而不在意它，如果超出一丈，像楼那么高，那么峭壁、樟树、竹子都会显现出来。竹石之间的意境，在于以淡远来取舍。

［明］王绂·古木竹石轴图

○卷八 建筑风华

［明］仇英·连昌宫词轴（局部）

梅花书屋

陔[1]萼楼后老屋倾圮，余筑基四尺，造书屋一大间。旁广耳室如纱幮[2]，设卧榻。前后空地，后墙坛其趾，西瓜瓤大牡丹三株，花出墙上，岁满三百余朵。坛前西府[3]二树，花时积三尺香雪。前四壁稍高，对面砌石台，插太湖石数峰。西溪梅骨古劲，滇茶数茎，妩媚其旁。梅根种西番莲，缠绕如缨络。窗外竹棚，密宝襄[4]盖之。

阶下翠草深三尺，秋海棠疏疏杂入。前后明窗，宝襄西府，渐作绿暗。余坐卧其中，非高流佳客，不得辄入。慕倪迂"清閟"[5]，又以"云林秘阁"名之。

1　陔（gāi）：靠近台阶下边的地方。

2　幮（chú）：古代一种似橱形的帐子。

3　西府：指西府海棠。

4　宝襄：指宝襄蔷薇。

5　倪迂"清閟（bì）"：倪瓒，元末明初画家、诗人，有一座清閟阁，藏书数千卷，是当时文人雅士聚会的重要场所。

【翻译】

陔萼楼后面的老屋倒塌了，我在那里筑上四尺的地基，造了一间大书屋。旁边拓展出一间耳室，像纱橱一样，在里面放一张矮床。书屋前后有空地，在后墙的墙脚上建花坛，种上三株硕大的西瓜瓤牡丹，花顺着墙向上生长，一年可以开满三百多朵。花坛前有两棵西府海棠，海棠花落时，有如积了三尺的香雪。前面的四堵墙壁稍微高一点，便在对面砌石台，插上几座用太湖石做成的山峰。西溪梅花风骨苍劲，旁边几枝滇茶花姿态妩媚，挨着梅花根部种上西番莲，缠绕的样子如同璎珞。窗外的竹棚，用宝襄蔷薇花覆盖。

台阶下翠绿的青草有三尺深，秋海棠稀疏夹杂其中。书屋前后都有明亮的窗子，但在宝襄花和西府海棠的掩映下，渐渐变为暗绿色。

我坐卧在书屋中，若非名流佳客，不能进入，因为仰慕倪瓒幽深的清閟阁，又将它取名为"云林閟阁"。

〔明〕仇英·宝绘堂轴图

不二斋

　　不二斋，高梧三丈，翠樾[1]千重，墙西稍空，蜡梅补之，但有绿天，暑气不到。后窗墙高于槛，方竹数竿，潇潇洒洒，郑子昭"满耳秋声"横披一幅。天光下射，望空视之，晶沁[2]如玻璃、云母，坐者恒在清凉世界。图书四壁，充栋连床；鼎彝[3]尊罍[4]，不移而具。余于左设石床竹几，帷之纱幕，以障蚊虻；绿暗侵纱，照面成碧。

　　夏日，建兰、茉莉，芳泽浸人，沁入衣裾。重阳前后，移菊北窗下，菊盆五层，高下列之，颜色空明，天光晶映，如沉秋水。冬则梧叶落，蜡梅开，暖日晒窗，红炉氍毹[5]。以昆山石种水仙，列阶趾。春

1　翠樾（yuè）：绿荫。

2　晶沁：亮光透入。

3　鼎彝：烹饪的器具。

4　尊罍（léi）：盛酒的器具。

5　氍毹（tà dēng）：毛毯。

时，四壁下皆山兰，槛前芍药半亩，多有异本[1]。余解衣盘礴[2]，寒暑未尝轻出，思之如在隔世。

【翻译】

不二斋，有三丈高的梧桐树，树荫千重，墙的西边稍微空旷，便补种一些蜡梅，只要有绿树遮蔽天空，就感受不到暑气。后窗的墙比栏杆高，便种上几竿方竹，潇潇洒洒，犹如一幅郑子昭的"满耳秋声"横轴图。日光向下照射，抬头望向天空，晶莹透亮，像玻璃、云母一样，坐在斋内的人也一直在清凉世界中。四壁都是图书，房梁和床上也都是。鼎彝尊罍这些器具都有，不用刻意准备。我在左边摆放了石床竹几，挂上帘帷纱幕，来隔挡蚊虫。绿荫映在纱帐上，照得脸都成了碧绿色。

夏天，建兰、茉莉的香气沁人心脾，沾染在衣衫上。重阳节前后，把菊花移到北边的窗下，按照高低，将菊花盆排列成五层，颜色空明，在日光的照映

---

1 异本：奇异的品种。
2 盘礴：伸开两腿坐。

下变得晶莹，如沉静的秋水。冬天则梧桐叶落，蜡梅花开，暖阳晒着窗子，好像有了火炉和毛毯。在昆山石上种水仙，摆放在台阶上。春天时，四面墙壁下都是山兰，栏杆前有半亩芍药，有很多奇异的品种。我解开衣服，伸开两腿坐着，无论寒暑都不轻易出去，想起来真是恍如隔世。

成化辛卯初夏余遊毘陵
過竹爐山房謁晉照師，
師出竹爐一事相叩，
的竹林溫虚披澜眼界成
壹畫盆時海峰曾為作此
圖予於溪潘戲為
三首寫
素園沈貞醉書

[明] 沈貞 · 竹爐山房圖

天镜园

天镜园浴凫堂，高槐深竹，樾[1]暗千层，坐对兰荡，一泓漾之，水木明瑟，鱼鸟藻荇，类若乘空。余读书其中，扑面临头，受用一绿，幽窗开卷，字俱碧鲜。每岁春老，破塘笋必道此。轻舠[2]飞出，牙人择顶大笋一株掷水面，呼园中人曰："捞笋！"鼓枻[3]飞去。园丁划小舟拾之，形如象牙，白如雪，嫩如花藕，甜如蔗霜。煮食之，无可名言，但有惭愧。

【翻译】

天镜园里的浴凫堂，四周都是高高的槐树，幽深的竹林，树荫可达千层。该堂面朝兰荡湖，只见湖波清澈荡漾，水明树碧，鱼鸟藻荇，如同浮在空中。我在这里读书，只见一片碧绿，迎头扑面而来，很是受

---

1 樾（yuè）：树荫。

2 舠（dāo）：形如刀的小船。

3 枻（yì）：短桨。

用。在幽静的窗下读书，字都是碧绿光润的。每年暮春时节，运送破塘笋的船一定会经过这里。小船飞快地划出，商人选最大的一株笋扔到水面上，对园中的人叫道："捞笋啦！"又划着桨飞快离去了。园丁划着小舟去捡，那笋形如象牙，洁白如雪，嫩如花藕，甜像糖霜，煮了之后吃，那味道无法用言语形容，只有惭愧而已。

〔明〕仇英·春山吟赏图

玉泉寺

玉泉寺为故净空院。南齐建元[1]中，僧昙起[2]说法于此，龙王来听，为之抚掌出泉，遂建龙王祠。晋天福三年，始建净空院于泉左。宋理宗[3]书"玉泉净空院"额。祠前有池亩许，泉白如玉，水望澄明，渊无潜甲。中有五色鱼百余尾，投以饼饵，则奋鬐鼓鬣[4]，攫夺盘旋，大有情致。泉底有孔，出气如橐籥[5]，是即神龙泉穴。又有细雨泉，晴天水面如雨点，不解其故。泉出可溉田四千亩。近者曰鲍家田，吴越王相鲍庆臣采地也。万历二十八年，司礼孙东瀛于池畔改建大士楼居。春时，游人甚众，各携果饵到寺观鱼，喂

1　建元：南齐高帝萧道成年号，公元479年到482年。

2　昙起：南齐高僧。

3　宋理宗：南宋的第五位皇帝。

4　奋鬐（qí）鼓鬣（liè）：指鱼争抢食物时鱼鳍张开，鱼须舞动的样子。

5　橐籥（yuè）：古代冶炼时用以鼓风吹火的装置，犹今之风箱。

饲之多，鱼皆餍饫¹，较之放生池，则侏儒饱欲死²矣。

道隐《玉泉寺》诗：

> 在昔南齐时，说法有昙起。
>
> 天花堕碧空，神龙听法语³。
>
> 抚掌一赞叹，出泉成白乳。
>
> 澄洁更空明，寒凉却酷暑。
>
> 石破起冬雷，天惊逗秋雨。
>
> 如何烈日中，水纹如碎羽。
>
> 言有橐籥声，气孔在泉底。
>
> 内多海大鱼，狰狞数百尾。
>
> 饼饵骤然投，要遮全振旅⁴。
>
> 见食即忘生，无怪盗贼聚。

1　餍饫（yàn yù）：尽量满足口腹需要。指感到饱足。

2　侏儒饱欲死：出自《汉书·东方朔列传》，东方朔为引起汉武帝注意，便恐吓侏儒们，说皇帝要把侏儒都杀了，汉武帝问其原因，东方朔回答："臣朔生亦言，死亦言。朱儒长三尺余，奉一囊粟，钱二百四十。臣朔长九尺余，亦奉一囊粟，钱二百四十。朱儒饱欲死，臣朔饥欲死。臣言可用，幸异其礼；不可用，罢之，无令但索长安米。"侏儒：古同"朱儒"，指身材矮小。

3　法语：讲说佛法的话。

4　要遮全振旅：形容游鱼成群结队而来。振旅：整队班师。

玉泉寺就是以前的净空院。南齐建元年间，昙起高僧在这里说法，龙王听得高兴，鼓掌激出了一股泉水，因此建了一座龙王祠。晋朝天福三年，开始在泉水左边建起了净空院。宋理宗还写了"玉泉净空院"的匾额。祠堂前有个池塘，一亩多大小，泉水白如玉，水色望去清澈澄明，水中没有潜藏的鳞甲生物。里面有一百多尾五色鱼，投入饼饵时，它们便张开鱼鳍，舞动鱼须，抢夺盘旋，大有一番情致。泉底有孔，像鼓风工具一样出气，这就是神龙泉穴。又有细雨泉，晴天时水面像雨点一样，不知道这是为什么。流出的泉水可以灌溉四千亩田地，近的叫鲍家泉，就是吴越王的丞相鲍庆臣的封地。万历二十八年，司礼太监孙东瀛在池边改建大士楼居。春天的时候，游客很多，各自拿着果子饼饵到寺庙看鱼，喂得很多，鱼都吃得很饱，和放生池相比，真可以说是"侏儒饱欲死"了。

金道隐有首《玉泉寺》诗：

> 在昔南齐时，说法有昙起。
> 天花堕碧空，神龙听法语。
> 抚掌一赞叹，出泉成白乳。

澄洁更空明，寒凉却酷暑。
石破起冬雷，天惊逗秋雨。
如何烈日中，水纹如碎羽。
言有橐籥声，气孔在泉底。
内多海大鱼，狰狞数百尾。
饼饵骤然投，要遮全振旅。
见食即忘生，无怪盗贼聚。

〔明〕沈周·杭州西湖岳庙图

冷泉亭

冷泉亭在灵隐寺山门之左。丹垣绿树，翳[1]映阴森。亭对峭壁，一泓泠然，凄清入耳。亭后西栗十余株，大皆合抱，冷飔[2]暗樾，遍体清凉。秋初栗熟，大若樱桃，破苞食之，色如蜜珀，香若莲房。

天启甲子[3]，余读书岣嵝山房，寺僧取作清供[4]。余谓鸡头实[5]无其松脆，鲜胡桃逊其甘芳也。夏月乘凉，移枕簟就亭中卧月，涧流淙淙，丝竹并作。张公亮听此水声，吟林丹山[6]诗："流向西湖载歌舞，回头不似在山时。"言此水声带金石，已先作歌舞矣，不入西湖安入乎！

余尝谓住西湖之人，无人不带歌舞，无山不带歌

---

1 翳（yì）：遮掩。

2 飔（sī）：凉风。

3 天启甲子：天启四年，公元 1624 年。

4 清供：清雅的供品，如松、竹、梅、鲜花、香火和素的食物等。

5 鸡头实：芡实的别称，一种水生植物。

6 林丹山：南宋诗人林稹。

舞，无水不带歌舞，脂粉纨绮，即村妇山僧，亦所不免。因忆眉公[1]之言曰："西湖有名山，无处士；有古刹，无高僧；有红粉，无佳人；有花朝，无月夕。"曹娥雪亦有诗嘲之曰："烧鹅羊肉石灰汤，先到湖心次岳王。斜日未曛客未醉，齐抛明月进钱塘。"

余在西湖，多在湖船作寓，夜夜见湖上之月，而今又避嚣灵隐，夜坐冷泉亭，又夜夜对山间之月，何福消受。余故谓西湖幽赏，无过东坡，亦未免遇夜入城。而深山清寂，皓月空明，枕石漱流，卧醒花影，除林和靖[2]、李峋嵝[3]之外，亦不见有多人矣。即慧理[4]、宾王[5]，亦不许其同在卧次。

【翻译】

冷泉亭在灵隐寺山门的左边，那里绿树红壁，在

1　眉公：一般指陈继儒，明朝文学家，画家。
2　林和靖：即林逋，北宋著名隐逸诗人，隐居西湖孤山，终生不仕不娶，唯喜植梅养鹤，自谓"以梅为妻，以鹤为子"，人称"梅妻鹤子"。
3　李峋嵝：明朝人。
4　慧理：晋代西印度僧人，咸和初来中国，驻足杭州。
5　宾王：即骆宾王，"初唐四杰"之一。

树影的掩映下，显得有些阴森。亭子正对着峭壁，一泓清泉从旁流出，泉声入耳，凄凉冷清。亭后有十多棵西栗树，大的要双臂围拢才能抱住，冷风吹过暗林，遍体清凉。初秋时栗子熟了，大如樱桃，破壳来吃，色泽如蜂蜜琥珀，香气好若莲花。

天启四年，我在岣嵝山房读书，寺院的僧人摘来栗子作为清雅的供品。要我说，芡实没有它松脆，新鲜胡桃也比不上其香甜。夏天月下乘凉时，我将枕席移到亭中，躺着赏月，流水淙淙声，与丝竹声相和。张公亮听到这水声，吟起了林丹山的诗："流向西湖载歌舞，回头不似在山时。"说的是这水声带有金石声，已经先作起歌舞了，不去西湖又去哪里呢！

我曾经说过住在西湖的人，没有人不作歌舞，没有山不带歌舞，没有水不带歌舞，脂粉纨绮，即使是村妇山僧，也难以免去，因此又想起眉公的话："西湖有名山，无处士；有古刹，无高僧；有红粉，无佳人；有花朝，无月夕。"曹娥雪也有诗嘲讽说："烧鹅羊肉石灰汤，先到湖心次岳王。斜日未曛客未醉，齐抛明月进钱塘。"

我在西湖，大多在湖船上居住，夜夜看见湖上的月亮，而今又在灵隐寺躲避喧嚣，晚上坐在冷泉亭，又夜夜面对山间的月亮，真是难得的好福气。我以前说过幽赏西湖的人物，无人超过苏东坡，也难免遇到夜晚入城的情况。深山清旷寂静，皓月空明，枕在石上听流水声，在花影中醒来，除去林和靖、李峋嵝之外，也看不到很多人。即使是慧理僧人、骆宾王，也不许他们在我睡处的旁边。

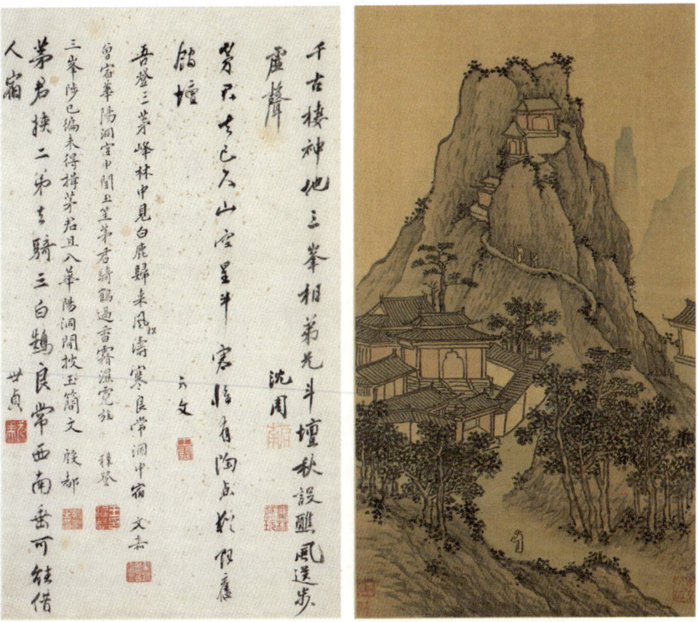

［明］沈周·两江名胜图册十开（之十）

砎[1]园

砎园，水盘据之，而得水之用，又安顿之若无水者。寿花堂，界以堤，以小眉山，以天问台，以竹径，则曲而长，则水之。内宅，隔以霞爽轩，以酴醾，以长廊，以小曲桥，以东篱，则深而邃，则水之。临池，截以鲈香亭、梅花禅，则静而远，则水之。缘城，护以贞六居，以无漏庵，以菜园，以邻居小户，则閟[2]而安，则水之。

水之用尽，而水之意色，指归乎庞公池之水。庞公池，人弃我取，一意向园，目不他瞩，肠不他回，口不他诺，龙山蟃蜒[3]，三折就之，而水不之顾。人称砎园能用水，而卒得水力焉。大父在日，园极华缛。有二老盘旋其中，一老曰："竟是蓬莱阆苑[4]了也！"

---

1 砎（jiè）园：作者祖父张汝霖晚年所筑。砎：坚硬。

2 閟（bì）：幽静。

3 蟃蜒（ní）：蚰蜒，俗称草鞋虫，这里指蜿蜒曲折的样子。

4 阆（làng）苑：传说中神仙居住的地方。

一老咈¹之曰：“个边那有这样！”

【翻译】

硕园，有流水盘踞其中，既得到了水的妙用，又设计得像没有水一样。寿花堂，以堤岸、小眉山、天问台、竹林小路为界，曲折狭长，便用水环绕；内宅，用霞爽轩、醋漱阁、长廊、小曲桥、东篱隔开，深沉幽邃，便用水环绕；在池边，用鲈香亭、梅花禅截住，宁静淡远，就用水环绕；沿城以贞六居、无漏庵、菜园以及邻居小户为护卫，幽静安宁，就用水环绕。

水的妙处用尽了，水的意境神色，正是庞公池水的旨趣所在。庞公池，采取人弃我取的方式，一心只为了园子，目不斜视，心思也不到别处去，不对别人许诺。龙山蜿蜒曲折，三次弯曲来迁就它，庞公池水却置之不顾。人们都说硕园会用水，所以最后得到了水的助力。祖父在时，园子非常华美，有两个老人在里面徘徊，一个老人说：“这就是蓬莱阆苑了吧！”另一个老人不赞同道：“那边哪有这样好！”

1　咈（fú）：否定，不赞同。

［明］李士达·五鹿山房图

愚公谷

　　无锡去县北五里为铭山。进桥，店在左岸，店精雅，卖泉酒、水坛、花缸、宜兴罐、风炉、盆盎、泥人等货。愚公谷在惠山右，屋半倾圮，惟存木石。惠水涓涓，由井之涧，由涧之溪，由溪之池、之厨、之湢[1]，以涤、以濯、以灌园、以沐浴、以净溺器，无不惠山泉者，故居园者福德与罪孽正等。

　　愚公先生交游遍天下，名公巨卿多就之，歌儿舞女、绮席华筵、诗文字画，无不虚往实归。名士清客至则留，留则款，款则钱，钱则赆[2]。以故愚公之用钱如水，天下人至今称之不少衰。愚公文人，其园亭实有思致文理者为之，礧石为垣，编柴为户，堂不层不庑[3]，树不配不行。堂之南，高槐古朴，树皆合抱，茂叶繁柯，阴森满院。藕花一塘，隔岸数石，乱而卧。土墙生苔，如山脚到涧边，不记在人间。园东

1　湢（bì）：浴室。

2　赆（jìn）：送别时赠给的财物。

3　庑（wǔ）：堂下周围的走廊、廊屋。

逼墙一台，外瞰寺，老柳卧墙角而不让台，台遂不尽瞰，与他园花树故故为亭台、意特特为园者不同。

【翻译】

无锡县城往北五里是铭山。走上桥，左岸有个店铺，精致典雅，售卖泉酒、水坛、花缸、宜兴罐、风炉、盆盎、泥人等商品。愚公谷在惠山的右边，房屋大半倒塌了，只留下些木石。惠山泉水涓涓流过，从井水流到山涧，从山涧流到小溪，再从小溪流入池塘、厨房，流到浴室。人们洗涤、濯洗、浇灌园子、沐浴、清洁便器，无不得了这惠山泉水的福恩，因此住在园中的人福德和罪孽正好相等。

愚公先生的交游遍布天下，名流权贵大多愿意接近他，无论是歌儿舞女、绮席华筵，还是诗文字画，没有不虚往实归的。名士清客到了便被请求留下，留下就热情款待，款待后设宴钱行，临别时还赠送路费。因此愚公花钱如流水，天下的人对他的称赞至今未减。愚公是个文人，他的园亭是确实有思致文理的人设计的，垒石为墙，编柴为门，厅堂没有分层也没有走廊，树不相配也不行。厅堂的南边，是一棵古朴高大的槐树，树有合抱那么粗，枝繁叶茂，满园幽静阴凉。有一池塘的莲藕荷花，隔岸是几块石头，凌乱躺卧。土墙上生了苔藓，从山脚走到涧边，都忘记身在人间了。园子的东面临墙有个台子，往外看可见寺庙，老柳树伏在墙角，不让这个台子，因此登台无法看到全貌，这与其他园子故意让花树为亭台留地方，故意造园有所不同。

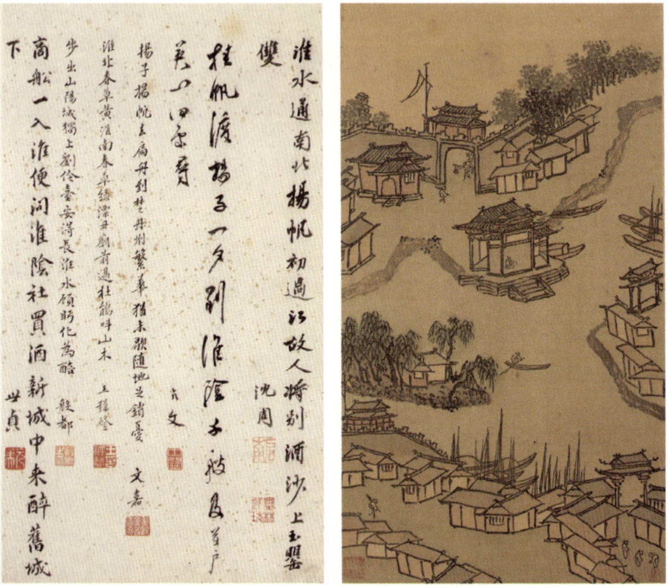

［明］沈周 · 两江名胜图册十开（之五）

火德庙

火德祠在城隍庙右，内为道士精庐[1]。北眺西泠，湖中胜概，尽作盆池小景。南北两峰如研山[2]在案，明圣二湖如水盂[3]在几。窗棂[4]门楻[5]凡见湖者，皆为一幅图画。小则斗方[6]，长则单条，阔则横披，纵则手卷，移步换影。若遇韵人，自当解衣盘礴[7]。画家所谓水墨丹青，淡描浓抹，无所不有。昔人言"一粒粟中藏世界，半升铛里煮山川"，盖谓此也。火居道士能为阳羡书生[8]，则六桥三竺，皆是其鹅笼中物矣。

1　精庐：道观。

2　研山：砚台的一种。利用山形之石，中凿为砚，砚附于山，故名。

3　水盂（yú）：盛水以供磨墨用的器皿。

4　窗棂（líng）：旧式窗户的格子。

5　门楻（gāo）：门框。

6　斗方：书画所用的方形纸张，也指一二尺见方的字画。

7　解衣盘礴：指神闲意定，不拘形迹。后亦指行为随便，不受拘束。

8　阳羡书生：见《续齐谐记》："东晋阳羡许彦，于绥安山行，遇一书生，年十七八，卧路侧，云脚痛，求寄鹅笼中。彦以为戏言，书生便入笼，笼亦不更广，书生亦不更小。宛然与双鹅并坐，鹅亦不惊。彦负笼而去，都不觉重。"

张岱《火德祠》诗:

中郎评看湖,登高不如下。

千顷一湖光,缩为杯子大。

余爱眼界宽,大地收隙罅[1]。

瓮牖与窗棂,到眼皆图画。

渐入亦渐佳,长康食甘蔗[2]。

数笔倪云林[3],居然胜荆夏[4]。

刻画非不工,淡远长声价。

余爱道士庐,宁受中郎骂。

【翻译】

火德庙在城隍庙右边,里面是道士的道观,向北眺望西湖,湖中美景,都可以作为盆池小景。南北两峰像桌案上的研山砚台,明圣二湖像茶几上的水盂。窗格门框,凡是能看见湖的地方,都是一幅图画。小

1　罅(xià):裂缝。

2　"渐入"二句:大画家顾恺之,字长康,《晋书》卷九十二有言:"顾恺之每食甘蔗,恒自尾至本,人或怪之,云:'渐入佳境。'"

3　倪云林:即倪瓒,元代画家,擅画山水。

4　荆夏:五代后梁荆浩和南宋夏圭,都以山水画闻名于世。

的一二尺见方，长的是单条，横的是横披，竖的是手卷，移步换景。如果遇到有意思的人，自当神闲意定，不受拘束地共赏美景。画家所说的水墨丹青，淡描浓抹，无所不有，以前的人说"一粒粟中藏世界，半升铛里煮山川"，大概就是这样吧。火居道士能变成阳羡书生的话，那六桥三竺，都是其鹅笼中的景物了。

　　我为《火德祠》写了一首诗：

　　　　中郎评看湖，登高不如下。

　　　　千顷一湖光，缩为杯子大。

　　　　余爱眼界宽，大地收隙罅。

　　　　瓮牖与窗棂，到眼皆图画。

　　　　渐入亦渐佳，长康食甘蔗。

　　　　数笔倪云林，居然胜荆夏。

　　　　刻画非不工，淡远长声价。

　　　　余爱道士庐，宁受中郎骂。

民阜臺靈玉玲瓏雲梁奇靄縹縹笑挍此兒
不餘和

崑山吾敷游平地見獨立西以羣賢人多於此中集

沈周

城州巖山毛孤凝炭峰初蘆四衢産玉莒山產土人

文志

三陵青其地千載為其山卽念孫薑士能抗雨人類

中峰向天超高峰立想見范公墓賢室棠集殷都

挍地一千尺剥城三百畝中有萬玉山此腹知

不真

[明]沈周·两江名胜图册十开（之六）

ⓒ 张岱 子宛 2023

图书在版编目（CIP）数据

明朝人的精致生活：张岱散文精选集／（明）张岱
著；子宛注译 . — 沈阳：万卷出版有限责任公司，
2023.6

ISBN 978-7-5470-6147-3

Ⅰ . ①明… Ⅱ . ①张… ②子… Ⅲ . ①古典散文—散
文集—中国—明代 Ⅳ . ① I264.8

中国版本图书馆 CIP 数据核字（2022）第 228396 号

出 品 人：王维良
出版发行：北方联合出版传媒（集团）股份有限公司
　　　　　万卷出版有限责任公司
　　　　　（地址：沈阳市和平区十一纬路29号　邮编：110003）
印 刷 者：北京中科印刷有限公司
经 销 者：全国新华书店
幅面尺寸：130mm×203mm
字　　数：160千字
印　　张：7.5
出版时间：2023年6月第1版
印刷时间：2023年6月第1次印刷
责任编辑：史丹
责任校对：张莹
封面设计：FBTD studio
版面设计：小T
ISBN 978-7-5470-6147-3
定　　价：59.80元
联系电话：024-23284090
传　　真：024-23284448